林贤治 主编
百年中篇典藏

组织部来了个年轻人

王蒙 著

花城出版社
中国·广州

图书在版编目（CIP）数据

组织部来了个年轻人 / 王蒙著. -- 广州：花城出版社，2021.3（2025.10重印）
（百年中篇典藏 / 林贤治主编）
ISBN 978-7-5360-9118-4

Ⅰ. ①组… Ⅱ. ①王… Ⅲ. ①中篇小说-小说集-中国-当代 Ⅳ. ①I247.5

中国版本图书馆CIP数据核字(2020)第217281号

组织部来了个年轻人
ZUZHIBU LAILE GE NIANQINGREN

王蒙 / 著

出 版 人	张 懿
丛书策划	张 懿
出版统筹	邹蔚昀
责任编辑	张 旬
技术编辑	凌春梅
装帧设计	林露茜
出版发行	花城出版社
经 销	全国新华书店
印 刷	深圳市福圣印刷有限公司
开 本	880毫米×1230毫米 32开
印 张	4.125 2插页
字 数	88,000字
版 次	2021年3月第1版 2025年10月第13次印刷
定 价	39.80元

版权所有·侵权必究。如发现印装质量问题，请与出版社联系。
联系电话：020-37604658　37602954

总序

林贤治

中国新文学从产生之日起,便带上世界主义的性质。这不只在于由文言到白话的转变,重要的是文学观念的革新。从此,出现了新的文体,新的主题,新的场景、人物和故事,于是一个新的文学时代开始了。

以文体论,所谓"文学革命"最早从诗和散文开始。小说是后发的,先是短篇,后是中篇和长篇,作者也日渐增多起来。由于五四的风气所致,早期小说的题材多囿于知识人的家庭冲突和感情生活;继"畸零人"之后,社会底层多种小人物出现了,广大农民的命运悲剧与农村中的阶级斗争进而廓张了小说的疆域,随后,城市工人与市民生活也相继进入了小说家的视野。小说以它的叙事性、故事性,先天地具有一种大众文化的要素,比较诗和散文,影响更为迅捷和深广。

从小说的长度看,中篇介于短篇与长篇之间,但也因此兼具了两者的优长。由于具有相当的体量,中篇小说可以容纳更多的社会内容;又由于结构不太复杂而易于经营,所以,自二十世纪二十年代以来,小说家多有中篇制作。论成就,或许略逊于长篇,但胜于短篇是肯定的。

一九二二年，鲁迅在报上连载《阿Q正传》。这是新文学运动发生以后的第一个中篇小说，在革命的大背景下，为国人的灵魂造像；形式之新，寓意之深，辉煌了整个文坛。阿Q，作为一个典型人物，相当于塞万提斯笔下的堂·吉诃德，在中国，为广大的人们所熟知，他的"精神胜利法"成了民族的寓言。在二十年代，创造社和文学研究会的作家创作颇丰，中篇小说作家有郁达夫、废名、许地山、茅盾，以及沅君、庐隐、丁玲等。郁达夫在五四文学中享有盛名。他的小说，最早创造了"零余者"的形象，其中自我暴露、性描写，在当时是惊世骇俗的，虽然有颓废的倾向，却不无反封建的进步的意义。《迷羊》《她是一个弱女子》是他的代表性作品，打着时代特有的个性主义和人道主义的双重烙印。在丁玲的《莎菲女士的日记》中，作为刚刚觉醒的女性主义者，追求个性解放和自由恋爱的莎菲女士，结果陷入歧路彷徨、无从选择的困局之中，表现了一代五四新女性所面临的新观念与旧事物相冲突的尴尬处境。继鲁迅之后，一批"乡土作家"如台静农、蹇先艾、许钦文、王鲁彦等崛起文坛，是当时的一个突出的文学现象。但是佳作不多，中篇绝少。

毕竟是新文学的发轫期，二十世纪二十年代的小说大多流于粗浅，至三十年代，作家队伍迅速扩大，而且明显地变得成熟起来。有三种文学，其中一种是所谓"民族主义文学""三民主义文学"；另一种与官方文学相对立，在当时声势颇大，称为"左翼文学"。以"左联"为中心，小说作家有茅盾、柔石、蒋光慈、叶紫、张天翼、丁玲，外围有影响的还有萧军、萧红等。其中，中篇如《林家铺子》《二月》《丽莎的哀怨》

《星》《八月的乡村》《生死场》，都是有影响的作品。茅盾素喜取景历史的大框架，早期较重人物的生理和心理描写，有点自然主义的味道，后来有更多的理性介入，重社会分析。中篇《林家铺子》讲述杭嘉湖地区一个小店铺老板苦苦挣扎，终于破产的故事。同《春蚕》诸篇一起，展开二十世纪三十年代民族危难、民生凋敝的广阔的社会图景。《二月》是柔石的一部诗意作品。小说在一个江南小镇中引出陶岚的爱情，文嫂的悲剧，和一个交头接耳、光怪陆离而又死气沉沉的社会。最后，主人公萧涧秋在流言的打击下，黯然离开小镇。作者以工妙的技巧，揭示了知识分子在残酷的现实生活中进退失据的精神状态。诗人蒋光慈的小说《丽莎的哀怨》《冲出云围的月亮》发表后，受到左翼作家的批判，影响轰动一时。其实"革命+恋爱"的创作模式，并不能遮掩小说所展露的人性的光辉。特别在充斥着"左"倾教条主义政治话语的语境中，作者执着于对"人"的描写，对人性与环境的真实性呈现，是极为难得的。萧军和萧红是东北流亡作家，作品充满着一种家国之痛。《八月的乡村》以场景的连缀，展示了与日本和伪满洲国军队战斗的全貌。《生死场》超越民族和国家的限界，着眼于土地和人的生存。"在乡村，人和动物一起忙着生，忙着死"，是贯穿全篇的主旋律。小说有着深厚的人本主义的内涵，带有启蒙的意义。

此外，还有一种文学，来自一批自由派作家，独立的作家，难以归类的作家。如老舍、巴金、沈从文等，在艺术上，有着更为自觉的追求。像沈从文的《边城》《长河》，就没有左翼作品那种强烈的阶级意识。沈从文自称"是个不想明白道理却永远为现象所倾心的人"。他倾情于"永远的湘西",着意于表现自然之美与野蛮的力,叙述是沉静的,描写是细致的,一些残酷的血腥的故事,在他的笔下,也都往往转换成文化的美,诗意的美,而非伦理的美。巴金早期的小说颇具政治色彩,如《灭亡》;而《憩园》,则是一种挽歌调子,很个人化的。施蛰存等一批上海作家是另一种面貌,他们颇受西方现代派文学的影响,从事实验性写作。不过,值得指出的是,左翼作家是一批青年叛逆者,敢于正视现实、反抗黑暗;其中有些作品虽然因意识形态的影响而在一定程度上削弱了艺术的力量,但是仍然不失为当时最为坚实锋锐的文学,是五四的"人的文学"的合理的延伸。

整个二十世纪四十年代动荡不安。这时,除了早年成名的作家遗下一些创作外,新进的作家作品不多,突出的有张爱玲的《金锁记》和路翎的《饥饿的郭素娥》。张爱玲善于观察和描写人性幽暗的一面,《金锁记》可谓代表作。路翎的《饥饿的郭素娥》何尝不是写人性,却是张扬的、光明的、美善的。在劳动妇女郭素娥的身上,不无精神奴役的创伤,却更多地表现出了与命运抗争的顽强的生命力。延安文学开拓出另一片天地:清新、简朴、颂歌式。丁玲的《在医院中》《我在霞村的时候》,以及赵树理的《小二黑结婚》《李有才板话》,形态很不相同,但在文学史上都有着全新的意义。在丁玲这里,明显地带有五四时期的个人主义和女性主义的残留,所以当时遭到不合理的批判。赵树理的小说,可以说专写农村和农民,但不同于此前知识分子作家的乡土小说,强调的不是苦难,而是新生的活力和希望。语言形式是民族的、传统的,结合现代小说的元素，有个人的创造性，但无疑地更加切合时代的需要。所以，周扬高度评价赵树理的作品，称为"新文艺的方向"。

一九四九年以后，中国有了统一的文坛。从五十年代初期的文艺整风开始，多种政治运动接连不断，对作家的思想、个性和创造力造成了不同程度的损害。比如对萧也牧的《我们夫妇之间》的批判，以及随后对路翎入朝创作的《洼地上的"战役"》等小说的批判，都在小说界产生了直接的消极影响。

二十世纪五六十年代的中短篇小说颇为寥落。少数青年作者带有锐意的作品，如王蒙的《组织部来了个年轻人》，较早表现反官僚主义的主题。小说也许受到来自苏联的"写真实""干预生活"等理论和作品的影响，但是作者无意模仿，这里是来自五十年代中国的真实生活，和一个"少布"的理想激情的历史性相遇。它的出现，本是文学话语，通过政治解读遂成为"毒草"，二十年后同众多杂草一起，作为"重放的鲜花"傲然出现。老作家孙犁以一贯的诗性笔调写农业合作化运动，自然被"边缘化"；赵树理一直注目于农村中的"中间人物"，却在一九六二年著名的"大连会议"之后为激进的批判家所抛弃。"文革"十年，文坛荒废，荆棘遍地；所谓"迷阳聊饰大田荒"，甚至连迷阳也没有。

"文革"结束以后，地下水喷出了地面。以短篇小说《伤痕》为标志的一种暴露性文学出现了，此时，一批带有创伤记忆的中篇如《天云山传奇》《犯人李铜钟的故事》《大墙下的红玉兰》《绿化树》《一个冬天的童话》《被爱情遗忘的角落》等同时问世。《绿化树》叙写的是右派章永璘被流放到西北劳改农场的经历，是张贤亮描写中国知识分子历史命运的一部力作。与其他"大墙文学"不同的是,作者突出地写了食和性。通过对主人公一系列忏悔、内疚、自省等心理活动的描写,对饥饿包括性饥饿的剖视,真实地再现了特定年代中的知识分子的苦难生活。作者还创作了系列类似的小说,名为"唯物论者的启示录",对一代知识分子命运作了深入的反思。张弦的小说,妇女形象的描写集中而出色。《被爱情遗忘的角落》《未亡人》《挣不断的红丝线》,其中的女性,无论在农村还是城市,无论是少女还是寡妇,都是生活中的弱势者,极"左"路线下的不幸者、失败者和牺牲者。驰骋文坛的,除了伤痕累累的老作家之外,又多出一支以知青作家为代表的新军,作品有张承志的《北方的河》《黑骏马》,王小波的《黄金时代》,阿城的《棋王》等。或者表达青年一代被劫夺的苦痛,或者表现为对土地和人民的皈依,都是去除了"瞒和骗"的写真实的作品。这时,关注现实生活的小说多起来了。无论是蒋子龙的《乔厂长上任记》、高晓声的《陈奂生上城》,还是谌容的《人到中年》、路遥的《人生》,都着意表现中国社会的困境,不曾回避转型时期的问题。《人到中年》通过中年眼科大夫陆文婷因工作和家庭负担过重,积劳成疾,濒临死亡的故事,揭示中国知识分子的生存现状,可谓切中时弊。小说创造了陆文婷这个悲剧性的英雄形象,富于艺术感染力,一经发表,立即引起社会的巨大反响。

　　二十世纪八十年代初期中国作家非常活跃,带来中篇小说空前的繁荣。这时,出现了重在人性表现的另类作品,如汪曾祺的《受戒》《大淖记事》,张洁的《爱,是不能忘记的》,还有史铁生的《关于詹牧师的报告文学》《命若琴弦》等,显示了创作的多元化倾向。汪曾祺的小说创作起步于二十世纪四十年代,却因时代的劫难,空置几十年之后,终至大器晚成。他自称是"一个中国式的抒情的人道主义者",小说多叙民间故事,十足的中国风。《大淖记事》乃短篇连缀,散文化、抒情性,气象阔大,尺幅千里,在他的作品中是有代表性的。

八十年代中期,"思想解放运动"落潮,美学热、文化热兴起。在文学界,"寻根文学""先锋小说"应运而生。"寻根"本是现实问题的深化,然而,"寻"的结果,往往"超时代",脱离现实政治。王安忆的《小鲍庄》,以多元的叙述视角,通过对淮北一个小村庄几户人家的命运,尤其是捞渣之死的描写,剖析了传统乡村的文化心理结构,内含对国民性及现实生活的双面批判,是其中少有的佳作。"先锋小说"在叙事上丰富了中国小说,但是由于欠缺坚实的人生体验,大体浅尝辄止,成就不大,有不少西方现代主义的赝品。

至九十年代,中篇小说创作进入低落、平稳的状态。这时,作家或者倡言"新写实主义","分享艰难",或者标榜"个人化叙事",暴露私隐。无论回归正统还是偏离正统,都意味着文学进入了一个思想淡出、收敛锋芒的时期。王朔是一个异类,嘲弄一切,否弃一切;他的作品,容易让人想起鲁迅的名文《流氓的变迁》,却也不失其解构的意义。这时,有不少作家致力于历史题材的书写或改写,莫言的《红高粱》写抗战时期的民众抗争,格非的《迷舟》写北伐战事,从叙述学的角度看,明显是另辟蹊径的。苏童的《妻妾成群》,写的是大家族的妇女生活。在大宅门内,正妻看透世事,转而信佛;

小妾却互相倾轧,死的死,疯的疯。这些女人,都需要依附主子而活,互相迫害成为常态,不失为一个古老的男权社会的象征。尤凤伟的《小灯》和林白的《回廊之椅》写历史运动,视角不同,笔调也很不一样。尤凤伟重写实,重细节,笔力雄健;林白则往往避实就虚,描写多带诗性,比较丁玲的《太阳照在桑干河上》和周立波的《暴风骤雨》等经典作品,却都是带有颠覆性的叙述。贾平凹有一个关于土匪生活的系列中篇,艺术上很有特色。现实题材中,余华的《许三观卖血记》,刘庆邦的《到城里去》,迟子建的《世界上所有的夜晚》,胡学文的乡土故事和徐则臣的北漂系列,多向写出"新时期"的种种窘态。钟求是的《谢雨的大学》,解析当代英雄,包括大学教育体制,是一个值得注意的作品。关于官场、矿区、下岗工人、性工作者,现代化、城市化过程中的一些重大的社会事件和现象,都在中篇创作中有所反映,但大多显得简单粗糙,质量不高。

一百年来,经过时间的淘洗,积累了一批具有经典性、代表性的中篇小说。"百年中篇典藏"按现代到当代的不同时段,从中遴选出二十四部作品,同时选入相关的其他中短篇乃至散文、评论若干一起出版。宗旨是,使读者对具体的作家、作品,乃至一百年来中篇小说创作的源流状貌有一个较为完整的了解。

作者简介

王蒙，1934年10月生于北京，祖籍河北南皮。14岁加入中国共产党并从事地下工作。1949年开始从事青年团的工作，并开始写作长篇处女作《青春万岁》。1956年，《组织部来了个年轻人》引起了全国和世界的注意。1962年至1979年在新疆工作。1979年回京后曾任中国作协书记处书记、常务副主席，《人民文学》主编，中共中央委员，文化部部长，全国政协常务委员等职。现为国务院中央文史研究馆馆员。此外，还在国内多所大学任教授、名誉教授。有小说、散文、诗歌、评论、自传及古代典籍研究专著等一千余万字的著作，2020年出版《王蒙文集》（新版）50卷。作品被翻译成多种语言在国外出版。2019年9月17日，被授予"人民艺术家"国家荣誉称号。

与父亲、姐姐、堂姐合影

童年。右为乡亲的孩子

1957年1月28日与崔瑞芳结婚

结婚十周年与妻儿在伊犁合影

2007年9月12日，在斯洛伐克

80年代初,与谌容、杨沫、戴厚英、叶蔚林等合影

1980年北京文代会,与刘绍棠、邓友梅、从维熙在一起

1956年第一次在北京西单商场着了西装

1957年受批判后所摄

1985年摄于西柏林

在北京平谷雕窝村的山中

与铁凝在野三坡

在伊犁巴彦岱庄子

目录

组织部来了个年轻人　王　蒙　/1

《组织部来了个年轻人》琐谈　王　蒙　/44
自传断片：组织部来了个年轻人　王　蒙　/49
文学与我
　　——答《花城》编辑部××同志问　王　蒙　/62
毛泽东五谈王蒙《组织部新来的青年人》（节选）
　　　　　　　　　　　　　　　崔建飞　/72

王蒙创作年表　/106

组织部来了个年轻人

王 蒙

一

三月,天空中纷洒着的似雨似雪。三轮车在区委会门口停住,一个年轻人跳下来。车夫看了看门口挂着的大牌子,客气地对乘客说:"您到这儿来,我不收钱。"传达室的工人、复员荣军老吕微跛着脚走出,问明了那年轻人的来历后,连忙帮他搬下微湿的行李,又去把组织部的秘书赵慧文叫出来。赵慧文紧握着年轻人的两只手说:"我们等你好久了。"这个叫林震的年轻人,在小学教师支部的时候就与赵慧文认识。她的苍白而美丽的脸上,两只大眼睛闪着友善亲切的光亮,只是下眼皮上有着因疲倦而现出来的青色。她带林震到男宿舍，把行李放好、解开，把湿了的毡子晾上，再铺被褥。在她料理这些事情的时候，常常撩一撩自己的头发，正像那些能干而漂亮的女同志们一样。

她说："我们等了你好久，半年前就要调你来，区人民委员会文教科死也不同意，后来区委书记直接找区长要人，又和教育局人事室吵了一回，这才把你调了来。"

"可我前天才知道。"林震说，"听说调我到区委会，真不知怎么好。咱们区委会尽干什么呀？"

"什么都干。"

"组织部呢？"

"组织部就做组织工作。"

"工作忙不忙？"

"有时候忙，有时候不忙。"

赵慧文端详着林震的床铺，摇摇头，大姐姐似的不以为然地说："小伙子，真不讲卫生。瞧那枕头布，已经由白变黑；被头呢，吸饱了你脖子上的油；还有床单，那么多褶子，简直成了泡泡纱……"

林震觉得，他一走进区委会的门，他的新的生活刚一开始，就碰到了一个很亲切的人。他带着一种节日的兴奋心情跑着到组织部第一副部长的办公室去报到。副部长有一个古怪的名字：刘世吾。在林震心跳着敲门的时候，他正仰着脸衔着烟考虑组织部的工作规划。他热情而得体地接待林震，让林震坐在沙发上，自己坐在办公桌边，推一推玻璃板上摞得高高的文件，从容地问：

"怎么样？"他的左眼微眯，右手弹着烟灰。

"支部书记通知我后天搬来，我在学校已经没事，今天就来了。叫我到组织部工作，我怕干不了，我是个新党员，过去当小学教师，小学教师的工作与党的组织工作有些不同……"

林震说着他早已准备好的话，说得很不自然，正像小学生第一次见老师一样。于是他感到这间屋子很热。三月中旬，冬天就要过去，屋里还生着火，玻璃上的霜花融解成一条条的污道子。他的额头沁出了汗珠，他想掏出手绢擦擦，在衣袋里摸索了半天没有找到。

刘世吾机械地点着头，看也不看地从那一大摞文件中抽出一个牛皮纸袋，打开纸袋，拿出林震的党员登记表，锐利的眼光迅速掠过，宽阔的前额下出现了密密的皱纹。他闭了一下眼，手扶着椅子背站起来，披着的棉袄从肩头滑落了，他用熟练的毫不费力的声调说：

"好，好，好极了，组织部正缺干部，你来得好。不，我们的工作并不难做，学习学习就会做的，就那么回事。而且，你原来在下边工作得……相当不错嘛，是不是不错？"

林震觉得这种称赞似乎有某种嘲笑意味，他惶恐地摇头："我工作做得并不好……"

刘世吾的不太整洁的脸上现出隐约的笑容，他的眼光聪敏地闪动着，继续说："当然也可能有困难，可能。这是个了不起的工作。中央的一位同志说过，组织工作是给党管家的，如果家管不好，党就没有力量。"然后他不等问就加以解释："管什么家呢？发展党和巩固党，壮大党的组织和增强党组织的战斗力，把党的生活建立在集体领导、批评和自我批评与密切联系群众的基础上。这些做好了,党组织就是坚强的、活泼的、有战斗力的,就足以团结和指引群众,完成和更好地完成社会主义建设与社会主义改造的各项任务……"

他每说一句话,都干咳一下,但说到那些惯用语的时候,快得像说一个字。譬如他说"把党的生活建立在……上",听起来就像"把生活建在登登登上",他纯熟地驾驭那些林震觉得相当深奥的概念,像拨弄算盘珠子一样灵活。林震集中最大的注意力,仍然不能把他讲的话全部把握住。

接着,刘世吾给他分配了工作。

当林震推门要走的时候。刘世吾又叫住他,用另一种全然不同的随意神情问:

"怎么样,小林,有对象了没有?"

"没……"林震的脸刷地红了。

"大小伙子还红脸?"刘世吾大笑了,"才二十二岁,不忙。"他又问:"口袋里装着什么书?"

林震拿出书,说出书名:"《拖拉机站站长与总农艺师》。"

刘世吾拿过书去,从中间打开看了几行,问:"这是他们团中央推荐给你们青年看的吧?"

林震点头。

"借我看看。"

"您还能有时间看小说吗?"林震看着副部长桌上的大摞材料,惊异了。

刘世吾用手托了托书,试了试分量,微眯着左眼说:"怎么样?这么一薄本有半个夜车就开完啦。四本《静静的顿河》

我只看了一个星期,就那么回事。"

当林震走向组织部大办公室的时候,天已经放晴,残留的几片云现出了亮晶晶的边缘,太阳照亮了区委会的大院子。人们都在忙碌:一个穿军服的同志夹着皮包匆匆走过,传达室的老吕提着两个大铁壶给会议室送茶水,可以听见一个女同志顽强地对着电话机子说:"不行,最迟明天早上!不行……"还可以听见忽快忽慢的哐哧哐哧声——是一只生疏的手使用着打字机,"她也和我一样,是新调来的吧?"林震不知凭什么理由,猜打字员一定是个女的。他在走廊上站了一站,望着耀眼的区委会的院子,高兴自己新生活的开始。

二

组织部的干部算上林震一共二十四个人,其中三个人临时调到肃反办公室去了,一个人半日工作准备考大学,一个人请产假,能按时工作的只剩下十九个人。四个人做干部工作,十五个人按工厂、机关、学校分工管理建党工作,林震被分配与工厂支部联系组织发展工作。

组织部部长由区委副书记李宗秦兼任,他并不常过问组织部的事,实际工作是由第一副部长刘世吾掌握,另一个副部长负责干部工作。具体指导林震工作的是工厂建党组组长的韩常新。

韩常新的风度与刘世吾迥然不同。他二十七岁,穿蓝色海军呢制服,干净得抖都抖不下土。他有高大的身材,配着英武的只因为粉刺太多而略有瑕疵的脸。他拍着林震的肩膀,用嘹亮的嗓音讲解工作，不时发出豪放的笑声，使林震想："他比领导干部还像领导干部。"特别是第二天韩常新与一个支部的组织委员的谈话，加强了他给林震的这种印象。

"为什么你们只谈了半小时？我在电话里告诉你，至少要用两小时讨论发展计划！"

那个组织委员说："这个月生产任务太忙……"

韩常新打断了他的话，富有教训意味地说："生产任务忙就不认真研究发展工作了？这是把中心工作与经常工作对立起来，也是党不管党的一种表现……"

林震弄不明白什么叫"中心工作与经常工作对立起来"和"党不管党"，他熟悉的是另外一类名词："课堂五环节"与"直观教具"。他很钦佩韩常新的这种气魄与能力——迅速地提到原则上分析问题和指示别人。

他转过头，看见正伏在桌上复写材料的赵慧文。她皱着眉怀疑地看一看韩常新，然后扶正头上的假琥珀发卡，用微带忧郁的目光看向窗外。

晚上，有的干部去参加基层支部的组织生活，有的休息了，赵慧文仍然赶着复写"税务分局培养、提拔干部的经验"，累了一天，手腕酸疼，在写的中间不时撂下笔，摇摇手，往手上吹口气。林震自告奋勇来帮忙，她拒绝了，说："你抄，我不放心。"于是林震帮她把抄过的美浓纸叠整齐，站在她身旁，起一点精神支援作用。她一边抄，一边时时抬头看林震，林震问："干吗老看我？"赵慧文咬了一下复写笔，笑了笑。

三

林震是一九五三年秋天由师范学校毕业的,当时是候补党员,被分配到这个区的中心小学当教员。当了教师的他,仍然保持中学生的生活习惯:清晨练哑铃,夜晚记日记,每个大节日——五一、七一、十一——之前到处征求人们对他的意见。曾经有人预言,过不了三个月他就会被那些生活不规律的成年人"同化"。但不久以后,许多教师夸奖他也羡慕他了,说:"这孩子无忧无虑,无牵无挂,除了工作,就是工作……"

他也没有辜负这种羡慕,一九五四年寒假,由于教学上的成绩,他受到了教育局的奖励。

人们也许以为,这位年轻的教师就会这样平稳地、满足而快乐地度过自己的青年时代。但是不,孩子般单纯的林震,也有自己的心事。

一年以后,他经常焦灼地鞭策自己。是因为社会主义高潮的推动、全国青年社会主义积极分子会议的召开,还是因为年龄的增长?

他已经二十二岁了,记得在初中一年级时写过一篇作文,题目是《当我××岁的时候》,他写成《当我二十二岁的时候,我要……》。现在二十二岁,他的生命史上好像还是白纸,没有功勋,没有创造,没有冒险,也没有爱情——连给某个姑娘写一封信的事都没做过。他努力工作,但是他做得少、慢、差。和青年积极分子们比较,和生活的飞奔比较,难道能安慰自己吗?他订规划,学这学那,做这做那,他要一日千里!

这时，接到调动工作的通知。"当我二十二岁的时候，我成了党的工作者……"也许真正的生活在这里开始了？他抑制住对小学教育工作和孩子们的依恋，燃烧起对新的工作的渴望。支部书记和他谈话的那个晚上，他想了一夜。

就这样，林震口袋里装着《拖拉机站站长与总农艺师》，兴高采烈地登上区委会的台阶。他对党的工作者（他是根据电影里全能的党委书记的形象来猜测他们的）的生活，充满了神圣的憧憬。但是，等他接触到那些忙碌而自信的领导同志、看到来往的文件和同时举行的会议、听到那些尖锐争吵与高深的分析，他眨眨那有些特别的淡褐色眼珠的眼睛，心里有点怯……

到区委会的第四天，林震去通华麻袋厂了解第一季度发展党员工作的情况。去以前，他看了有关的文件和名叫《怎样进行调查研究》的小册子，再三地请教了韩常新，他密密麻麻地写了一篇提纲，然后飞快地骑着新领到的自行车，向麻袋厂驶去。

工厂门口的警卫同志听说他是区委会的干部，没要他签名，信任地请他进去了。穿过一个大空场，走过一片放麻的露天货场与机器隆隆响的厂房，他心神不安地去敲厂长兼支部书记王清泉办公室的门。得到了里面"进来"的回答后，他慢慢地走进去，怕走快了显得没有经验。他看见一个阔脸、粗脖子、身材矮小的男人正与一个头发上抹了许多油的驼背的男人下棋。小个子的同志抬起头，右手玩着棋子，问清了林震找谁以后，不耐烦地挥一挥手："你去西跨院党支部办公室找魏鹤鸣，他是组织委员。"然后低下头继续下棋。

林震找着了红脸的魏鹤鸣,开始按提纲发问了:"一九五六年第一季度,你们发展了几个人?"

"一个半。"魏鹤鸣粗声粗气地说。

"什么叫'半'?"

"有一个通过了,区委拖了两个多月还没有批下来。"

林震掏出笔记本记了下来。又问:

"发展工作是怎么样进行的,有什么经验?"

"进行过程和向来一样——和党章的规定一样。"

林震看了看对方,为什么他说出的话像搁了一个星期的窝窝头一样干巴?魏鹤鸣托着腮,眼睛看着别处,心里也像在想别的事。

林震又问:"发展工作的成绩怎么样?"

魏鹤鸣答:"刚才说过了,就是那些。"他好像应付似的希望快点谈完。

林震不知道应该再问什么了。预备了一下午的提纲,和人家只谈上五分钟就用完了,他很窘。

这时门被一只有力的手推开了,那个小个子的同志进来,匆匆忙忙地问魏鹤鸣:"来信的事你知道吗?"

魏鹤鸣无精打采地点了点头。

小个子的同志来回踱着步子,然后撒开腿站在房中央:"你们要想办法!质量问题去年就提出来了,为什么还等着合同单位给纺织工业部写信?在社会主义高潮当中我们的生产迟迟不能提高,这是耻辱!"

魏鹤鸣冷冷地看着小个子的脸,用颤抖的声音问:"您说谁?"

"我说你们大家！"小个子手一挥，把林震也包括在里面了。

魏鹤鸣因为抑制着的愤怒的爆发而显得可怕，他的红脸更红了，他站起来问："那么您呢？您不负责任？"

"我当然负责。"小个子的同志却平静了，"对于上级，我负责，他们怎么处分我！我也接受。对于我，你得负责，谁让你是生产科长呢？你得小心……"说完，他威胁地看了魏鹤鸣一眼，走了。

魏鹤鸣坐下，把棉袄的扣子全解开了，喘着气。林震问："他是谁？"魏鹤鸣讽刺地说："你不认识？他就是厂长王清泉。"

于是魏鹤鸣向林震详细地谈起了王清泉的情况。王清泉原来在中央某部工作，因为在男女关系上犯错误受了处分，一九五一年调到这个厂子当副厂长，一九五三年厂长调走，他就被提拔成厂长。他一向是吃饱了转一转，躲在办公室批批文件下下棋，然后每月在工会大会、党支部大会、团总支大会上讲话，批评工人群众竞赛没搞好，对质量不关心，有经济主义思想……魏鹤鸣没说完，王清泉又推门进来了。他看着左腕上的表，下令说："今天中午十二点十分，你通知党、团、工会和行政各科室的负责人到厂长室开会。"然后把门砰地一带，走了。

魏鹤鸣嘟哝着："你看他怎么样？"

林震说："你别光发牢骚，你批评他，也可以向上级反映。上级绝不允许有这样的厂长。"

魏鹤鸣笑了，问林震："老林同志，你是新来的吧？"

"老林"同志脸红了。

魏鹤鸣说:"批评不动!他根本不参加党的会议,你上哪儿批评去?偶尔参加一次,你提意见,他说:'提意见是好的,不过应该掌握分寸,也应该看时间、场合。现在,我们不应该因为个人意见侵占党支部讨论国家任务的宝贵时间。'好,不占用宝贵时间,我找他个别提,于是我们俩吵成了现在这个样子。"

"向上级反映呢?"

"一九五四年我给纺织工业部和区委写了信,部里一位张同志与你们那儿的老韩同志下来检查了一回。检查结果是:'官僚主义较严重,但主要是作风问题。任务基本上完成了,只是完成任务的方法有缺点。'然后找王清泉'批评'了一下,又鼓励了一下我开展自下而上的批评的精神,就完事了。此后,王厂长有一个来月对工作比较认真,不久他得了肾病,病好以后他说自己是'因劳致疾',就又成了这个样子。"

"你再反映呀!"

"哼,后来与韩常新也不知说过多少次,老韩也不搭理,反倒向我进行教育说,应该尊重领导,加强团结。也许我不该这样想,但我觉得,也许要等到王厂长贪污了人民币或者强奸了妇女,上级才会重视起来!"

林震出了厂子再骑上自行车的时候,车轮旋转的速度就慢多了。他深深地把眉头皱了起来,他发现他的工作的第一步就有重重的困难,但他也受到一种刺激,甚至是激励——这正是发挥战斗精神的时候啊!他想着想着,直到因为车子溜进了急行线而受到交通民警的申斥。

四

吃完午饭，林震迫不及待地找韩常新汇报情况。韩常新有些疲倦地靠着沙发背，高大的身体显得笨重，从身上掏出火柴盒，拿起一根火柴剔牙。

林震杂乱地叙述他去麻袋厂的见闻，韩常新脚尖打着地不住地说："是的，我知道。"然后他拍一拍林震的肩膀，愉快地说："情况没了解上来不要紧，第一次下去嘛，下次就好了。"

林震说："可是我了解了关于王清泉的情况。"他把笔记本打开。

韩常新把他的笔记本合上，告诉他："对，这个情况我早知道。前年区委让我处理过这个事情，我严厉地批评过他，指出他的缺点和危险性，我们谈了至少有三四个钟头……"

"可是并没有效果呀，魏鹤鸣说他只好了一个月……"林震插嘴说。

"一个月也是效果，而且绝不止一个月。魏鹤鸣那个人思想上有问题，见人就告厂长的状……"

"他告的状是不是真的？"

"很难说不真，也很难说全真。当然这个问题是应该解决的，我和区委副书记李宗秦同志谈过。"

"副书记的意见是什么？"

"副书记同意我的意见，王清泉的问题是应该解决也是可能解决的……不过，你不要一下子就陷到这里边去。"

"我?"

"是的。你第一次去一个工厂,全面情况也不了解,你的任务又不是去解决王清泉的问题。而且,直爽地说,解决他的问题也需要更有经验的干部,何况我们并不是没有管过这件事……你要是一下子陷到这个里头,三个月也出不来,第一季度的建党总结还了解不了解?上级正催我们交汇报呢!"

林震说不出话。

韩常新又拍拍林震的肩膀:"不要急躁嘛!咱们区三千个党员,百十个支部,你一来就什么问题都摸还行?"他打了个哈欠,有倦意的脸上的粉刺涨红了:"啊——哈,该睡午觉了。"

"那,发展工作怎么再去了解?"林震没有办法地问。

韩常新又去拍林震的肩膀,林震不由得躲开了。韩常新有把握地说:"明天咱们俩一齐去,我帮你去了解,好不好?"然后他拉着林震一同到宿舍去。

第二天,林震很有兴趣地观察韩常新如何了解情况。三年前,林震在北京师范上学的时候,出去当见习教师,老教师在前面讲,林震和学生一起听,学了不少东西。这次,他也抱着见习的态度,打开笔记本,准备把韩常新的工作过程详细记录下来。

韩常新问魏鹤鸣:"发展了几个党员?"

"一个半。"

"不是一个半,是两个,我是检查你们的发展情况,不是检查区委批没批。"韩常新纠正他。又问:"这两个人本季度生产计划完成的怎么样?"

"很好,他们一个超额百分之七,一个超额百分之四,厂里黑板报还表扬……"

谈起生产情况,魏鹤鸣似乎起劲了些,但是韩常新打断了他的话:"他们有些什么缺点?"

魏鹤鸣想了半天,空空洞洞地说了些缺点。

韩常新叫他给所举的缺点提一些例子。

提完例子,韩常新再问他党的积极分子完成本季度生产任务的情况,他特别感兴趣的是一些数字和具体事例,至于这些先进的工人克服困难、钻研创造的过程,他听都不要听。

回来以后,韩常新用流利的行书示范地写了一个"麻袋厂发展工作简况",内容是这样的:

……本季度(一九五六年一月至三月)麻袋厂支部基本上贯彻了积极慎重发展新党员的方针,在建党工作上取得了一定的成绩。新通过的党员朱××与范××受到了共产党员的光荣称号的鼓舞,增强了主人翁的观念,在第一季度繁重的生产任务中各超额百分之七、百分之四。广大积极分子围绕在支部周围,受到了朱××与范××模范事例的教育,并为争取入党的决心所推动,发挥了劳动的积极性与创造性,良好地完成或者超额完成了第一季度的生产任务(下面是一系列数字与具体事例)。这说明:一、建党工作不仅与生产工作不会发生矛盾,而且大大推动了生产,任何借口生产忙而忽视建党工作的做法是错误的。二、……但同时必须指出,麻袋厂支部的建党工作,也仍然存在着一定的缺点……例如……

林震把写着"简况"的片艳纸捧在手里看了又看。有一刹那,他甚至于怀疑自己去没去过麻袋厂,怀疑自己上次与韩常新同去时睡着了,为什么许多情况他根本不记得呢?他迷惑地问韩常新:

"这,这是根据什么写的?"

"根据那天魏鹤鸣的汇报呀!"

"他们在生产上取得的成绩是因为建党工作么?"林震口吃起来。

韩常新抖一抖裤脚,说:"当然。"

"不吧?上次魏鹤鸣并没有这样讲。他们的生产提高了,也可能是由于开展竞赛,也许由于青年团建立了监督岗,未必是建党工作的成绩……"

"当然,我不否认。各种因素是统一起来的,不能形而上学地割裂地分析这是甲项工作的成绩,那是乙项工作的成绩。"

"那,譬如我们写第一季度的捕鼠工作总结,是不是也可以用这些数字和事例呢?"

韩常新沉着地笑了,他笑林震不懂"行",他说:"那可以灵活掌握嘛……"

林震又抓住几个小问题问:

"你怎么知道他们的生产任务是繁重的呢?"

"难道现在会有一个工厂任务很清闲吗?"

林震目瞪口呆了。

五

初到区委会十天的生活，在林震头脑中积累起的印象与产生的问题，比他在小学呆了两年的还多。区委会的工作是紧张而严肃的。在区委书记办公室，连日开会到深夜。从汉语拼音到预防大脑炎，从劳动保护到政治经济学讲座，无一不经过区委会的忠实的手。林震有一次去收发室取报纸，看见一份厚厚的材料，第一页上写着"区人民委员会党组关于调整公私合营工商业的分布、管理、经营方法及贯彻市委关于公私合营工商业工人工资问题的报告的请示"。他怀着敬畏的心情看着这份厚得像一本书的材料和它的长长的题目。有时，一眼望去，却又觉得区委干部们是随意而松懈的，他们在办公时间聊天，看报纸，大胆地拿林震认为最严肃的题目开玩笑，例如，青年监督岗开展工作，韩常新半嘲笑地说："嚯，小青年们，脑门子热起来啦……"林震参加的一次部务会议也很有意思，讨论市委布置的一个临时任务，大家抽着烟，说着笑话，打着岔，开了两个钟头，拖拖沓沓，没有什么结果。这时，皱着眉思索了好久的刘世吾提出了一个方案，大家马上热烈地展开了讨论，很多人发表了使林震惊佩的精彩意见。林震觉得，这最后的三十多分钟的讨论要比以前的两个钟头有效十倍。某些时候，譬如说夜里，各屋亮着灯：第一会议室，出席座谈会的胖胖的工商业者愉快地与统战部长交换意见；第二会议室，各单位的学习辅导员们为"价值"与"价格"的关系争得面红耳赤；组织部坐着等待入党谈话的激动的年轻人，而市委的某个严厉的书记出现在书记办公室,找区委正副书记汇报贯彻工资改革的情况……这时,人声嘈杂,人影交错,电话铃声断断续续,林震仿佛从中听到了本区生活的脉搏的跳动,而区委会这座不新的、平凡的院落,也变得辉煌壮观起来。

在一切印象中,最突出和新鲜的印象是关于刘世吾的:刘世吾工作极多,常常同一个时间好几个电话催他去开会,但他还是一会儿就看完了《拖拉机站站长与总农艺师》,把书转借给了韩常新。而且,他已经把前一个月公布的拼音文字草案学会了,开始在开会时用拼音文字做记录了。某些传阅文件刘世吾拿过来看看题目和结尾就签上名送走,也有的不到三千字的指示他看上一下午,密密麻麻地画上各种符号。刘世吾有时一面听韩常新汇报情况,一面漫不经心地查阅其他的材料,听着听着却突然指出:"上次你汇报的情况不是这样!"韩常新不自然地笑了。刘世吾的眼睛捉摸不定地闪着光,但他并不深入追究,仍然查他的材料,于是韩常新恢复了常态,有声有色地汇报下去。

赵慧文与韩常新的关系也被林震看出了一些疑窦:韩常新对一切人都是拍着肩膀,称呼着"老王""小李",亲热而随便。独独对赵慧文,却是一种礼貌的公事公办的态度。这样说话:"赵慧文同志,党刊第一百零四期放在哪里?"而赵慧文也用顺从包含着警戒的神情对待他。

……四月,东风悄悄地刮起,不再被人喜爱的火炉蜷缩在阴暗的贮藏室,只有各房间熏黑了的屋顶还存留着严冬的痕迹。往年这个时候,林震就会带着活泼的孩子们去卧佛寺或者西山八大处踏青,在早开的桃李与混浊的溪水中寻找春天的消息。区委会的生活却不怎么受季节的影响,继续以那种紧张的节奏和复杂的色彩流转着。当林震从院里的垂柳上摘下一片多汁的嫩芽时,他稍微有点怅惘,因为春天来得那么快,而他,却没做出什么有意义的事情来迎接这个美妙的季节……

晚上九点钟,林震走进了刘世吾办公室的门。赵慧文正在这里,她穿着紫黑色的毛衣,脸儿在灯光下显得越发苍白。听到有人进来,她迅速地转过头来,林震仍然看见了她略略突出的颧骨上的泪迹。他回身要走,低着头吸烟的刘世吾作手势止住他:"坐在这儿吧,我们就谈完了。"

林震坐在一角,远远地隔着灯光看报,刘世吾用烟卷在空中划着圆圈,诚恳地说:

"相信我的话吧,没错。年轻人都这样,最初互相美化,慢慢发现了缺点,就觉得都很平凡。不要有不切实际的要求,没有遗弃,没有虐待,没有发现他政治上、品质上的问题,怎么能说生活不下去呢?才四年嘛。你的许多想法是从苏联电影里学来的,实际上,就那么回事……"

赵慧文没说话,她撩一撩头发,临走的时候,对林震惨然地一笑。

刘世吾走到林震旁边,问:"怎么样?"他丢下烟蒂,又掏出一支来点上火,紧接着贪婪地吸了几口,缓缓地吐着白烟,告诉林震:"赵慧文跟她爱人又闹翻了……"接着,他开开窗户,一阵风吹掉了办公桌上的几张纸,传来了前院里散会以后人们的笑声、招呼声和自行车铃响。

刘世吾把只抽了几口的烟扔出去,伸了个懒腰,扶着窗户,低声说:"真的是春天了呢!"

"我想谈谈来区委工作的情况,我有一些问题不知道怎么解决。"林震用一种坚决的神气说,同时把落在地上的纸页拾起来。

"对,很好。"刘世吾仍然靠着窗户框子。

林震从去麻袋厂说起:"……我走到厂长室,正看见王清泉同志在……"

"下棋呢还是打扑克?"刘世吾微笑着问。

"您怎么知道?"林震惊骇了。

"他老兄什么时候干什么我都算得出来。"刘世吾慢慢地说,"这个老兄棋瘾很大,有一次在咱这儿开了半截会,他出去上厕所,半天不回来,我出去一找,原来他看见老吕和区委书记的儿子下棋,就在旁边支上招儿了。"

林震把魏鹤鸣对他的控告讲了一遍。

刘世吾关上窗户,拉一把椅子坐下,用两个手扶着膝头支持着身体,轻轻地摆动着头:

"魏鹤鸣是个直性子,他一来就和王清泉吵得面红耳赤……你知道,王清泉也是个特殊人物,不太简单。抗日胜利以后,王清泉被派到国民党军队里工作,他当过国民党军的副团长,是个呱呱叫的情报人员。一九四七年以后他与我们的联系中断,直到解放以后才接上线。他是去瓦解敌人的,但是他自己也染上国民党军官的一些习气,改不过来,其实是个英勇的老同志。"

"这样……"

"是啊。"刘世吾严肃地点点头,接着说,"当然,不能以这为他辩护,党是派他去战胜敌人而不是与敌人同流合污,所以他的错误是应该纠正的。"

"怎么解决呢？魏鹤鸣说，这个问题已经拖了好久。他到处写过信……"

"是啊。"刘世吾又干咳了一会儿，做着手势说，"现在下边支部里各类问题很多，你如果一一地用手工业的方法去解决，那是事倍功半的。而且，上级布置的任务追着屁股，完成这些任务已经感到很吃力。作为领导，必须掌握一种把个别问题与一般问题结合起来，把上级分配的任务与基层存在的问题结合起来的艺术。再者，王清泉工作不努力是事实，但还没有发展到消极怠工的地步，作风有些生硬，也不是什么违法乱纪。显然，这不是组织处理问题而是经常教育的问题。从各方面看，解决这个问题的时机目前还不成熟。"

林震沉默着，他判断不清究竟怎样对。是娜斯嘉的"对坏事绝不容忍"对呢，还是刘世吾的"条件成熟论"对。他一想起王清泉那样的厂长就觉得难受，但是，他驳不倒刘世吾的"领导艺术"。刘世吾又告诉他："其实，有类似毛病的干部也不只一个……"这更加使得林震睁大了眼睛，觉得这跟他在小学时所听的党课的内容不是一个味儿。

后来，林震又把看到的韩常新如何了解情况与写简报的事说了说，他说，他觉得这样整理简报不太真实。

刘世吾大笑起来，说："老韩……这家伙……真高明……"笑完了，又长出一口气，告诉林震，"对，我把你的意见告诉他。"

林震犹豫着。刘世吾问："还有别的意见么？"

于是林震勇敢地提出："我不知道为什么，来了区委会以后发现了许多许多缺点,过去我想象的党的领导机关不是这样……"

刘世吾把茶杯一放:"当然,想象总是好的,实际呢,就那么回事。问题不在于有没有缺点,而在于什么是主导的。我们区委的工作,包括组织部的工作,成绩是基本的呢,还是缺点是基本的?显然成绩是基本的,缺点是前进中的缺点。我们伟大的事业,正是由这些有缺点的组织和党员完成着的。"

走出办公室以后,林震有一种奇怪的感觉:和刘世吾谈话似乎可以消食化气,而他自己的那些肯定的判断,明确的意见,却变得模糊不清了。他更加惶惑了。

六

不久,在党小组会上,林震受到了一次严厉的批评。

事情是这样:有一次,林震去麻袋厂,魏鹤鸣说,由于季度生产质量指标没有达到,王厂长狠狠地训了一回工人,工人意见很大,魏鹤鸣打算找些人开个座谈会,搜集意见,准备向上反映。林震很同意这种做法,以为这样也许能促进"条件的成熟"。过了三天,王清泉气急败坏地到区委会找副书记李宗秦,说魏鹤鸣在林震支持下搞小集团进行反领导的活动,还说参加魏鹤鸣主持的座谈会的工人都有历史问题,最后说自己请求辞职。李宗秦批评了他的一些缺点,同意制止魏鹤鸣再开座谈会,"至于林震,"他对王清泉说,"我们会给予应有的教育的。"

批评会上,韩常新分析道:"林震同志没有和领导上商量，擅自同意魏鹤鸣召集座谈会，这首先是一种无组织无纪律的行为……"

林震不服气，他说："没有请示领导，是我的错。但是我不明白为什么我们不但不去主动了解群众的意见，反而制止基层这样做。"

"谁说我们不了解？"韩常新跷起一只腿，"我们对麻袋厂的情况统统掌握……"

"掌握了而不去解决，这正是最痛心的！党章上规定着，我们党员应该向一切违反党的利益的现象做斗争……"林震的脸变青了。

富有经验的刘世吾开始发言了，他向来就专门能在一定的关头起扭转局面的作用。

"林震同志的工作热情不错，但是他刚来一个月就给组织部的干部讲党章，未免仓促了些。林震以为自己是支持自下而上的批评，是做一件漂亮事，他的动机当然是好的。不过，自下而上的批评必须有领导地去开展，譬如这回事，请林震同志想一想：第一，魏鹤鸣是不是对王清泉有个人成见呢？很难说没有。那么魏鹤鸣那样积极地去召集座谈会，可不可能有什么个人目的呢？我看不一定完全不可能。第二，参加会的人是不是有一些历史复杂别有用心的分子呢？这也应该考虑到。第三，开这样一个会，会不会在群众里造成一种王清泉快要挨整了的印象因而天下大乱了呢？等等。至于林震同志的思想情况，我愿意直爽地提出一个推测：年轻人容易把生活理想化，他以为生活应该怎样，便要求生活怎样。作为一个党的工作者，要多考虑的却是客观现实，是生活可能怎样。年轻人也容易过高估计自己，抱负甚多，一到新的工作岗位就想对缺点斗争一番，充当个娜斯嘉式的英雄。这是一种可贵的、可爱的想法，也是一种虚妄……"

林震像被打中了似的颤了一下，他紧咬住了下嘴唇。

他鼓起勇气再问："那么王清泉……"刘世吾把头一仰："我明天找他谈话，有原则性的并不仅是你一个人。"

七

星期六晚上，韩常新举行婚礼。林震走进礼堂，他不喜欢那弥漫的呛人的烟气和地上杂乱的糖果皮与空中杂乱的哄笑，没等婚礼开始他就退了出来。

组织部的办公室黑着，他拉开灯，看见自己桌上的信，是小学的同事们写来，其中还夹着孩子们用小手签了名的信：

> 林老师：您身体好吗？我们特别特别想您，女同学都哭了，后来就不哭了，后来我们做算术，题目特别特别难，我们费了半天劲，中于算出来了……

看着信，林震不禁独自笑起来了，他拿起笔把"中于"改成"终于"，准备在回信时告诉他们下次要避免别字。他仿佛看见了系蝴蝶结的李琳琳、爱画水彩画的刘小毛和常常爱把铅笔头含在嘴里的孟飞……他猛地把头从信纸上抬起来，看见的却是电话、吸墨纸和玻璃板。他所熟悉的孩子的世界和他的单纯的工作已经离他而去了，新的工作要复杂得多……他想起前天党小组会上人们对他的批评。难道自己真的错了？真的是莽撞和幼稚，再加几分年轻人的廉价的勇气？也许真的应该切实估量一下自己，把分内的事做好，过两年，等到自己"成熟"了以后再干预一切？

礼堂里传来爆发的掌声和笑声。

一只手落在肩上，他吃惊地回过头来，灯光显得刺眼，赵慧文没有声响地站在他的身边，女同志走路都有这种不声不响的本事。

赵慧文问："怎么不去玩？"

"我懒得去。你呢？"

"我该回家了。"赵慧文说，"到我家坐坐好吗？省得一个人在这儿想心事。"

"我没有心事。"林震分辩着，但他接受了赵慧文的好意。

赵慧文住在离区委会不远的一个小院落里。

孩子睡在浅蓝色的小床里，幸福地含着指头。赵慧文吻了儿子，拉林震到自己房间里来。

"他父亲不回来吗？"林震问。

赵慧文摇摇头。

这间卧室好像是布置得很仓促，墙壁因为空无一物而显得过分洁白，盆架孤单地缩在一角，窗台上的花瓶傻气地张着口。只有床头小桌上的收音机，好像还能扰乱这卧室的安静。

林震坐在藤椅上，赵慧文靠墙站着。林震指着花瓶说："应该插枝花。"又指着墙壁说，"为什么不买几张画挂上？"

赵慧文说："经常也不在，就没有管它。"然后她指着收音机问："听不听？星期六晚上，总有好的音乐。"

收音机响了，一种梦幻般的柔美的旋律从远处飘来，慢慢变得热情激荡。提琴奏出的诗一样的主题，立即揪住了林震的心。他托着腮，屏住了气。他的青春，他的追求，他的碰壁，似乎都能与这乐曲相通。

赵慧文背着手靠在墙上，不顾衣服蹭上了石灰粉，等这段乐曲过去，她用和音乐一样的声音说："这是柴可夫斯基的《意大利随想曲》，让人想到南国，想到海……我在文工团的时候常听它，慢慢觉得，这调子不是别人演奏出的，而是从我心里钻出来的……"

"在文工团？"

"参加军事干部学校以后被分配去的，在朝鲜，我用我的蹩脚的嗓子给战士唱过歌，我是个哑嗓子的歌手。"

林震像第一次见面似的又重新打量赵慧文。

"怎么？不像了吧？"这时电台改放"剧场实况"了，赵慧文把收音机关了。

"你是文工团的，为什么很少唱歌？"林震问。

她不回答，走到床边，坐下。她说："我们谈谈吧，小林，告诉我，你对咱们区委的印象怎么样？"

"不知道，我是说，还不明确。"

"你对韩常新和刘世吾有点意见吧，是不？"

"也许。"

"当初我也这样，从部队转业到这里，和部队的严格准确比较，许多东西我看不惯。我给他们提了好多意见，和韩常新激动地吵过一回,但是他们笑我幼稚,笑我工作没做好意见倒一大堆,慢慢地我发现,和区委的这些缺点做斗争是我力不胜任的……"

"为什么力不胜任?"林震像刺痛了似的跳起来,他的眉毛拧在一起了。

"这是我的错。"赵慧文抓起一个枕头,放在腿上,"那时我觉得自己水平太低,自己也很不完美,却想纠正那些水平比自己高得多的同志,实在自不量力。而且,刘世吾、韩常新还有别人,他们确实把有些工作做得很好。他们的缺点散布在咱们工作的成绩里边,就像灰尘散布在美好的空气中,你嗅得出来,但抓不住,这正是难办的地方。"

"对!"林震把右拳头打在左手掌上。

赵慧文也有些激动了,她把枕头抛开,话说得更慢,她说:"我做的是事务工作,领导同志也不大过问,加上个人生活上的许多牵扯,我沉默了。于是,上班抄抄写写,下班给孩子洗尿布、买奶粉。我觉得我老得很快,参加军干校时候那种热情和幻想,不知道哪里去了。"她沉默着,一个一个地捏着自己的手指,接着说:"两个月以前,北京市进入社会主义高潮,工人、店员还有资本家,放着鞭炮,打着锣鼓到区委会报喜。工人、店员把入党申请书直接送到组织部,大街上一天一变,整个区委会彻夜通明,吃饭的时候,宣传部、财经部的同志滔滔不绝地讲着社会主义高潮中的各种气象。可我们组织部呢?工作改进很少!打电话催催发展数字,按前年的格式添几条新例子写写总结……最近,大家检查保守思想,组织部也检查,拖拖沓沓开了三次会,然后写个材料完事……哎,我说乱了,社会主义高潮中,每一声鞭炮都刺着我,当我复写批准新党员通知的时候,我的手激动得发抖,可是我们的工作就这样依然故我地下去吗?"她喘了一口气,来回踱着,然后接着说:"我在党小组会上谈自己的想法,韩常新满足地问:'难道我们发展数字的完成比例不是各区最高的?难道市委组织部没要我们写过经验?'然后他进行分析,说我情绪不够乐观,是因为不安心事务工作……"

"开始的时候,韩常新给人一个了不起的印象,但是,实际一接触……"林震又说起那次写汇报的事。

赵慧文同意地点头:"这一两年,虽然我没提什么意见,但我无时无刻不在观察。生活里的一切,有表面也有内容,做到金玉其外,并不是难事。譬如韩常新,充领导他会拉长了声音训人,写汇报他会强拉硬扯生动的例子,分析问题他会用几个无所不包的概念,于是,俨然成了个少壮有为的干部,他漂浮在生活上边,悠然得意。"

"那么刘世吾呢?"林震问,"他绝不像韩常新那样浅薄,但是他的那些独到的见解,精辟的分析,好像包含着一种可怕的冷漠。看到他容忍王清泉这样的厂长,我无法理解,而当我想向他表示什么意见的时候,他的议论却使人越绕越糊涂,可除了跟着他走,似乎没有别的路……"

"刘世吾有一句口头语:就那么回事。他看透了一切,以为一切就那么回事。按他自己的说法,他知道什么是'是',什么是'非',还知道'是'一定战胜'非',又知道'是'不能一下子战胜'非'。他什么都知道,什么都见过——党的工作给人的经验本来很多。于是他不再操心,不再爱也不再恨。他取笑缺陷，仅仅是取笑；欣赏成绩，仅仅是欣赏。他满有把握地应付一切，再也不需要虔诚地学习什么，除了拼音文字之类的具体知识。一旦他认为条件成熟需要干一气，他就一把把事情抓在手里，教育这个，处理那个，俨然是一切人的上司。凭他的经验和智慧，他当然可以做好一些事，于是他更加自信。"赵慧文毫不容情地说道。这些话曾经在多少个不眠的夜晚萦绕在她的心头。

"我们的区委副书记兼部长呢？他不管么？"

赵慧文更加兴奋了，她说："李宗秦身体不好，他想去做理论研究工作，嫌区委的工作过于具体。他当组织部长只是挂名，把一切事情推给刘世吾。这也是一种相当普遍的不正常的现象，有一批老党员，因为病，因为文化水平低，或者因为是首长爱人，他们挂着厂长、校长和书记的名，却由副厂长、教导主任、秘书或者某个干事做实际工作。"

"我们的正书记——周润祥同志呢？"

"周润祥是一个非常令人尊敬的领导同志，但是他工作太多，忙着肃反、私营企业的改造……各种带有突击性的任务。我们组织部的工作呢，一般说永远成不了带突击性的中心任务，所以他管得也不多。"

"那……怎么办呢？"林震直到现在，才开始明白了事情的复杂性，一个缺点，仿佛粘在从上到下的一系列的缘故上。

"是啊。"赵慧文沉思地用手指弹着自己的腿，好像在弹一架钢琴，然后她向着远处笑了，她说："谢谢你……"

"谢我？"林震以为自己听错了。

"是的，见到你，我好像又年轻了。你天不怕地不怕，敢于和一切坏现象做斗争,于是我有一种婆婆妈妈的预感:你……一场风波要起来了。"

林震脸红了。他根本没想到这些,他正为自己的无能而十分羞耻。他嘟哝着说:"但愿是真正的风波而不是瞎胡闹。"然后他问:"你想了这么多,分析得这么清楚,为什么只是憋在心里呢?"

"我老觉得没有把握。"赵慧文把手放在自己的胸前,"我看了想,想了又看,我有时候想得一夜都睡不好,我问自己:'你的工作是事务性的,你能理解这些吗?'"

"你怎么会这样想?我觉得你刚才说得对极了!你应该把你刚才说的对区委书记谈,或者写成材料给《人民日报》……"

"瞧,你又来了。"赵慧文露出润湿的牙齿笑了。

"怎么叫又来了?"林震不高兴地站起来,使劲搔着头皮,"我也想过多少次,我觉得,人要在斗争中使自己变正确,而不能等到正确了才去做斗争!"

赵慧文突然推门出去了,把林震一个人留在这空旷的屋子里,他嗅见了肥皂的香气。马上,赵慧文回来了,端着一个长柄的小锅,她跳着进来,像一个梳着三只辫子的小姑娘。她打开锅盖,戏剧性地向林震说:

"来,我们吃荸荠,煮熟了的荸荠!我没有找到别的好吃的。"

"我从小就喜欢吃熟荸荠。"林震愉快地把锅接过来,他挑了一个大的没剥皮就咬了一口,然后他皱着眉吐了出来,"这是个坏的,又酸又臭。"赵慧文大笑了。林震气愤地把捏烂了的酸荸荠扔到地上。

临走的时候，夜已经深了，纯净的天空上布满了畏怯的小星星。有一个老头儿吆喝着"炸丸子开锅"！推车走过。林震站在门外，赵慧文站在门里，她的眼睛在黑暗中闪光，她说："下次来的时候，墙上就有画了。"

林震会心地笑着："而且希望你把丢下的歌儿唱起来！"他摇了一下她的手。

林震用力地呼吸着春夜的清香之气，一股温暖的泉水从心头涌了上来。

八

韩常新最近被任命为组织部副部长。新婚和被提拔，使他愈益精神焕发和朝气勃勃。他每天刮一次脸，在参观了服装展览会以后又做了一套凡尔丁料子的衣服。不过，最近他亲自出马下去检查工作少了，主要是在办公室听汇报、改文件和找人谈话。刘世吾仍然那么忙。

一天，晚饭以后，韩常新把《拖拉机站站长与总农艺师》还给林震，他用手弹一弹那本书，点点头说："很有意思，也很荒唐。当个作家倒不坏，编得天花乱坠。赶明儿我得了风湿性关节炎或者犯错误受了处分，就也写小说去。"

林震接过书，赶快拉开抽屉，把它压在最底下。

刘世吾坐在另一边的沙发上正出神地研究一盘象棋残局，听了韩常新的话，刻薄地说："老韩将来得关节炎或者受处分倒不见得不可能。至于小说，我们可以放心，至少在这个行星上不会看到您的大作。"他说的时候一点不像开玩笑,以致韩常新尴尬地转过头,装没听见。

这时刘世吾又把林震叫过去,坐在他旁边,问:"最近看什么书了?有没有好的借我看看?"

林震说没有。

刘世吾挪动着身体,斜躺在沙发上,两手托在脑后,半闭着眼,缓慢地说:"最近在《译文》上看了《被开垦的处女地》第二部的片段,人家写得真好,活得很……"

"您常看小说?"林震真不大相信。

"我愿意荣幸地表示,我和你一样爱读书:小说、诗歌,包括童话。解放以前,我最喜欢屠格涅夫。小学五年级,我已经读《贵族之家》,我为伦蒙那个德国老头儿流泪,我也喜欢叶琳娜,英沙罗夫写得却并不好……可他的书有一种清新的、委婉多情的调子。"他忽地站起来,走近林震,扶着沙发背,弯着腰继续说,"现在也爱看,看的时候很入迷,看完了又觉得没什么。你知道,"他紧挨林震坐下,又半闭起眼睛,"当我读一本好小说的时候,我梦想一种单纯的、美妙的、透明的生活。我想去当水手,或者穿上白衣服研究红血球,或者当一个花匠,专门培植十样锦……"他笑了,他从来没这样笑过,不是用机智,而是用心。"可还是得当什么组织部长。"他摊开了手。

"为什么您把现在的工作看得和小说那么不一样呢?党的工作不单纯,不美妙,也不透明么?"林震友好而关切地问。

刘世吾接连摇头,咳嗽了一会儿又站起来。靠到远一点的地方,嘲笑地说:"党的工作者不适合看小说……譬如,"他用手在空中一画,"拿发展党员来说,小说可以写:'在壮丽的事业里,多少名新战士参加了无产阶级的先锋行列,万岁!'而我们呢,组织部呢,却正在发愁:第一,某支部组织委员工作马大哈,谈不清新党员的历史情况。第二,组织部压了百十个等着批准的新党员,没时间审查。第三,新党员须经常委会批准,而常委委员一听开会批准党员就请假。第四,公安局长参加常委会批准党员的时候老是打瞌睡……"

"您不对!"林震大声说,他像本人受了侮辱一样难以忍耐,"您看不见壮丽的事业,只看见某某在打瞌睡……难道您也打瞌睡了?"

刘世吾笑了笑,叫韩常新:"来,看看报上登的这个象棋残局,该先挪车呢还是先跳马?"

九

魏鹤鸣告诉林震,他要求回到车间当工人,他说:"这个支部委员和生产科长我干不了。"林震费尽唇舌,劝他把那次座谈会搜集的意见写给党报,并且质问他:"你退缩了,你不信任党和国家了,是吗?"后来魏鹤鸣和几个意见较多的工人写了一封长信,偷偷地寄给报纸,连魏鹤鸣本人都对自己有些怀疑:"也许这又是'小集团活动'?那就处罚我吧!"他是带着有罪的心情把大信封扔进邮箱的。

五月中旬,《北京日报》以显明的标题登出揭发王清泉官僚主义作风的群众来信。署名"麻袋厂一群工人"的信,愤怒地要求领导上处理这一问题。《北京日报》编者也在按语中指出:"……有关领导部门应迅速做认真的检查……"

赵慧文首先发现了,她叫林震来看。林震兴奋得手发抖,看了半天连不成句子,他想:"好!终于揭出来了!还是党报有力量!"

他把报纸拿给刘世吾看,刘世吾仔细地看了几遍,然后抖一抖报纸,客观地说:"好,开刀了!"

这时,区委书记周润祥走进来,他问:"王清泉的情况你们了解不?"

刘世吾不慌不忙地说:"麻袋厂支部的一些不健康的情况那是确实存在的。过去,我们就了解过,最近我亲自找王清泉谈过话,同时小林同志也去了解过。"他转身向林震:"小林,你谈谈王清泉的情况吧。"

有人敲门,魏鹤鸣紧张地撞进来,他的脸由红色变成了青色,他说,王厂长在看到《北京日报》以后非常生气,现在正追查写信的人。

经过党报的揭发与区委书记的过问,刘世吾以出乎林震意料之外的雷厉风行的精神处理了麻袋厂的问题。刘世吾一下决心,就可以把工作做得很出色。他把其他工作交代给别人,连日与林震一起下到麻袋厂去。他深入车间,详细调查了王清泉工作的一切情况,征询工人群众的一切意见。然后,与各有关部门进行了联系,只用了一个多星期的时间,就对王清泉做了处理——党内和行政都予以撤职处分。

处理王清泉的大会一直开到深夜。开完会,外面下起雨,雨忽大忽小,久久地不停息,风吹到人脸上有些凉。刘世吾与林震到附近的一个小铺子去吃馄饨。

这是新近公私合营的小铺子，整理得干净而且舒适。由于下雨，顾客不多。他们避开热气腾腾的馄饨锅，在墙角的小桌旁坐下来。

他们要了馄饨，刘世吾还要了白酒，他呷了一口酒，掐着手指，有些感触地说："我这是第六次参加处理犯错误的负责干部的问题了，头几次，我的心很沉重。"由于在大会上激昂地讲过话，他的嗓音有些嘶哑，"党的工作者是医生，他要给人治病，他自己却是并不轻松的。"他用无名指轻轻敲着桌子。

林震同意地点头。

刘世吾忽然问："今天是几号？"

"五月二十。"林震告诉他。

"五月二十，对了。九年前的今天，'青年军'二〇八师打坏了我的腿。"

"打坏了腿？"林震对刘世吾的过去历史还不了解。

刘世吾不说话，雨一阵大起来，他听着那哗啦哗啦的单调的响声，嗅着潮湿的土气。一个被雨淋透的小孩子跑进来避雨，小孩的头发在往下滴水。

刘世吾招呼店员："切一盘肘子。"然后告诉林震："一九四七年，我在北大当自治会主席。参加五·二〇游行的时候，二〇八师的流氓打坏了我的腿。"他挽起裤子，可以看到一道弧形的疤痕，然后他站起来："看，我的左腿是不是比右腿短一点？"

林震第一次以深深的尊敬和爱戴的眼光看着他。

喝了几口酒，刘世吾的脸微微发红，他坐下，把肉片夹给林震,然后歪着头说:"那个时候……我是多么热情,多么年轻啊!我真恨不得……"

"现在就不年轻,不热情了么?"林震用期待的眼光看着。

"当然不。"刘世吾玩着空酒杯,"可是我真忙啊!忙得什么都习惯了,疲倦了。解放以来从来没睡够过八小时觉,我处理这个人和那个人,却没有时间处理处理自己。"他托起腮,用最质朴的人对人的态度看着林震,"是啊,一个布尔什维克,经验要丰富,但是心还要单纯……再来一两!"刘世吾举起酒杯,向店员招手。

这时林震已经开始被他深刻和真诚的抒发所感动了。刘世吾接着闷闷地说:"据说,炊事员的职业病是缺少良好的食欲,饭菜是他们做的,他们整天和饭菜打交道。我们,党的工作者,我们创造了新生活,结果,生活反倒不能激动我们……"

林震的嘴动了动,刘世吾摆摆手,表示希望不要现在就和他辩论。他不说话,独自托着腮发愣。

"雨小多了,这场雨对麦子不错。"过了半天,刘世吾叹了口气,忽然又说,"你这个干部好,比韩常新强。"

林震在慌乱中赶紧喝汤。

刘世吾盯着他,亲切地笑着,问他:"赵慧文最近怎么样?"

"她情绪挺好。"林震随口说。他拿起筷子去夹熟肉,看见了他熟悉的刘世吾的闪烁的目光。

刘世吾把椅子拉近他,缓缓地说:"原谅我的直爽,但是我有责任告诉你……"

"什么?"林震停止了夹肉。

"据我看,赵慧文对你的感情有些不……"

林震颤抖着手放下了筷子。

离开馄饨铺,雨已经停了,星光从黑云下面迅速地露出来,风更凉了,积水潺潺地从马路两边的泄水池流下去。林震迷惘地跑回宿舍,好像喝了酒的不是刘世吾,倒是他。同宿舍的同志都睡得很甜,粗短的和细长的鼾声此起彼伏。林震坐在床上,摸着湿了的裤脚,眼前浮现了赵慧文的苍白而美丽的脸……他还是个毛头小伙子,他什么也没经历过,什么都不懂。他走近窗子,把脸紧贴在外面沾满了水珠的冰冷的玻璃上。

十

区委常委开会讨论麻袋厂的问题。

林震列席参加。他坐在一角,心跳、紧张,手心里出了汗。他的衣袋里装着好几千字的发言提纲,准备在常委会上从麻袋厂事件扯出组织部工作中的问题。他觉得麻袋厂问题的揭发和解决,造成了最好的机会,可以促请领导从根本上考虑一下组织部的工作。时候到了!刘世吾正在条理分明地汇报情况。书记周润祥显出沉思的神色,用左拳托着士兵式的粗壮而宽大的脸,右腕子压着一张纸,时而在上面写几个字。李宗秦用食指在空中写画着。韩常新也参加了会,他专心地把自己的鞋带解开又系上。

林震几次想说话,但是心跳得使他喘不上气。第一次参加常委会,就作这种大胆的发言,未免过于莽撞吧?不怕,不怕!他鼓励自己。他想起八岁那年在青岛学跳水,他也一边听着心跳,一边生气地对自己说:"不怕,不怕!"

区委常委批准了刘世吾对于麻袋厂问题提出的处理意见,马上就要进行下面一项议程了,林震霍地举起了手。

"有意见吗?不举手就可以发言的。"周书记笑着说。

林震站起来,碰响了椅子,掏出笔记本看着提纲,他不敢看大家。

他说:"王清泉个人是作了处理了,但是如何保证不再有第二、第三个王清泉出现呢?我们应该检查一下区委组织工作中的缺点:第一,我们只抓了建党,对于巩固党没给予应有的注意,使基层的党内斗争处于自流状态。第二,我们明知有问题却拖延着不去解决,王清泉来厂子整整五年,问题一直存在而且愈发展愈严重。……具体地说,我认为韩常新同志与刘世吾同志有责任……"

会场起了轻微的骚动,有人咳嗽,有人放下了烟卷,有人打开笔记本,有人挪了一下椅子。

韩常新耸了一下肩,用舌头舔了一下扭动着的牙床,讽刺地说:"往往听到一种事后诸葛亮的意见:'为什么不早一点处理呢?'当然是愈早愈好啰!高、饶事件发生了,有人问为什么不早一点,贝利亚,也有人问为什么不早一点。再者,组织部并不能保证第二、第三个王清泉不会出现,林震同志也未尝能保证这一点。……"

林震抬起头,用激怒的目光看着韩常新。韩常新却只是冷冷地笑。林震压抑着自己说："老韩同志知道缺点的存在是规律，但他不知道克服缺点前进更是规律。老韩同志和刘部长，就是抱住了头一个规律，因而对各种严重的缺点采取了容忍乃至于麻木的态度！"说完，他用手抹了抹头上的汗，他也不知道自己怎么敢说得这样尖锐，但是终究说出来了，他有一种如释重负的感觉。

李宗秦在空中画着的食指停住了。周润祥转头看看林震又看看大家，他的沉重的身躯使木椅发出了吱吱声。他向刘世吾示意："你的意见？"

刘世吾点点头："小林同志的意见是对的，他的精神也给了我一些启发……"然后他悠闲地溜到桌子边去倒茶水，用手抚摸着茶碗沉思地说："不过具体到麻袋厂事件，倒难说了。组织部门巩固党的工作抓得不够，是的，我们干部太少，建党还抓不过来。麻袋厂王清泉的处理，应该说还是及时而有效的。在宣布处理的工人大会上，工人的情绪空前高涨，有些落后的工人也表示更认识到了党的大公无私，有一个老工人在台上一边讲话一边落泪，他们口口声声说着感谢党，感谢区委……"

林震小声说："是的，正因为这样，我才觉得我们工作中的麻木、拖延、不负责任，是对群众犯罪。"他提高了声音，"党是人民的、阶级的心脏，我们不能容忍心脏上有灰尘，就不能容忍党的机关的缺点！"

李宗秦把两手交叉起来放在膝头，他缓缓地说，像是一边说一边思索着如何造句："我认为林震、韩常新、刘世吾同志的主要争论有两个症结，一个是规律性与能动性的问题，……

一个是……"

林震以不知从哪儿来的勇气对李宗秦说:"我希望不要只作冷静而全面的分析……"他没有说下去,他怕自己掉下眼泪来。

周润祥看一看林震,又看一看李宗秦,皱起了眉头,沉默了一会儿,迅速地写了几个字,然后对大家说:"讨论下一项议程吧。"

散会后,林震气恼得没有吃下饭,区委书记的态度他没想到。他不满甚至有点失望。韩常新与刘世吾找他一起出去散步,就像根本没理会他对他们的不满意,这使林震更意识到自己和他们力量的悬殊。他苦笑着想:"你还以为常委会上发一席言就可以起好大的作用呢!"他打开抽屉,拿起那本被韩常新嘲笑过的苏联小说,翻开第一页,上面写着:"按娜斯嘉的方式生活!"他自言自语:"真难啊!"

他缺少了什么呢?

十一

第二天下班以后,赵慧文告诉林震:"到我家吃饭去吧,我自己包饺子。"他想推辞,赵慧文已经走了。

林震犹豫了好久,终于在食堂吃了饭再到赵慧文家去。赵慧文的饺子刚刚煮熟。她穿着暗红色的旗袍,系着围裙,手上沾满面粉,像一个殷勤的主妇似的对林震说:"新下来的豆角做的馅子……"

林震嗫嚅地说:"我吃过了。"

赵慧文不信，跑出去给他拿来了筷子，林震再三表示确实吃过，赵慧文不满意地一个人吃起来。林震不安地坐在一旁，一会儿看看这，一会儿看看那，一会儿搓搓手，一会儿晃一晃身体。

"小林，有什么事么？"赵慧文停止了吃饺子。

"没……有。"

"告诉我吧。"赵慧文目不转睛地看着他。

"昨天在常委会上我把意见都提了，区委书记睬都不睬……"

赵慧文咬着筷子头想了想，她坚决地说："不会的，周润祥同志只是不轻易发表意见……"

"也许。"林震半信半疑地说，他低下头，不敢正面接触赵慧文关切的目光。

赵慧文吃了几个饺子，又问："还有呢？"

林震的心跳起来了。他抬起头，看见了赵慧文的好意的眼睛，他轻轻地叫："赵慧文同志……"

赵慧文放下筷子，靠在椅子背上，有些吃惊了。

"我很想知道，你是否幸福。"林震用一种粗重的，完全像大人一样的声音说，"我看见过你的眼泪，在刘世吾的办公室，那时候春天刚来……后来忘记了。我自己马马虎虎地过日子，也不会关心人。你幸福吗？"

赵慧文略略疑惑地看着他，摇头，"有时候我也忘记……"然后点头，"会的，会幸福的。你为什么问它呢？"她安详地笑着。

林震把刘世吾对他讲的告诉了她："……请原谅我，把刘世吾同志随便讲的一些话告诉了你，那完全是瞎说……我很愿意和你一起说话或者听交响乐,你好极了,那是自然而然的,……也许这里边有什么不好的,不合适的东西,马马虎虎的我忽然多虑了,我恐怕我扰乱谁。"林震抱歉地结束了。

赵慧文安详地笑着,接着皱起了眉尖儿,又抬起了细瘦的胳臂,用力擦了一下前额,然后她甩了一下头,好像甩掉什么不愉快的心事似的转过身去了。

她慢慢地走到墙壁上新挂的油画前边,默默地看画。那幅画的题目是《春》:莫斯科,太阳在春天初次出现,母亲和孩子一起到街头去……

一会儿,她又转过身来,迅速地坐在床上,一只手扶着床栏杆,异常平静地说:"你说了些什么呀?真的!我不会做那些不经过考虑的事。我有丈夫,有孩子,我还没和你谈过我的丈夫。"她不用常说的"爱人",而强调地说着"丈夫"。"我们在五二年结的婚,我才十九,真不该结婚那么早。他从部队里转业,在中央一个部里当科长,他慢慢地染上了一种油条劲儿,争地位、争待遇,和别人不团结。我们之间呢,好像也只剩下了星期六晚上回来和星期一走。我的看法是:或者是崇高的爱情,或者什么都没有。我们争吵了……但是我仍然等待着……他最近出差去上海,等回来,我要和他好好谈一谈。可你说了些什么呢?"她又一次问,"小林,你是我所尊敬的顶好的朋友,但你还是个孩子——这个称呼也许不对,对不起。我们都希望过一种真正的生活,我们希望组织部成为真正的党的工作机构,我觉着你像是我的弟弟,你盼望我振作起来,是吧?生活是应该有互相支援和友谊的温暖,我从来就害怕冷淡。就是这些了,还有什么呢?还能有什么呢?"

林震惶恐地说："我不该受刘世吾话的影响……"

"不。"赵慧文摇头，"刘世吾同志是聪明人，他的警告也许并不是完全没有必要，然后……"她深深地吐一口气，"那就好了。"

她收拾起碗筷，出去了。

林震茫然地站起，来回踱着步子，他想着、想着，好像有许多话要说，慢慢地，又没有了。他要说什么呢？本来什么都没有发生。生活有时候带来某种情绪的波流，使人激动也使人困扰，然后波流流过去，没有一点痕迹……真的没有痕迹吗？它留下对于相逢者的纯洁和美好的记忆，虽然淡淡，却难忘……

赵慧文又进来了，她领着两岁的儿子，还提着一个书包。小孩已经与林震见过几次面，亲热地叫林震"夫夫"——他说不清楚"叔叔"。

林震用强健的手臂把他举了起来。空旷的屋子里顿时充满了孩子的笑闹声。

赵慧文打开书包，拿出一叠纸，翻着，说："今天晚上，我要让你看几样东西。我已经把三年来看到的组织部工作中的一些问题和自己的意见写了一个草稿。这个………"她不好意思地摸了一下一张橡皮纸，"大概这是可笑的，我给自己规定了一个竞赛的办法，让今天的自己和昨天的自己竞赛。我画了表，如果我的工作有了失误——写入党批准通知的时候抄错了名字或统计错了新党员人数，我就在表上画一个黑叉子，如果一天没有错，就画一个小红旗。连续一个月都是红旗，我就买一条漂亮的头巾或者别的什么奖励自己……也许，这像幼儿园的做法吧？你觉得好笑吗？"

林震入神地听着，他严肃地说："不。我尊敬你对自己的……"

临走的时候，夜已经深了。林震站在门外，赵慧文站在门里，她的眼睛在黑暗中闪着光，她说："今天的夜色非常好，你同意吗？你闻见槐花的香气了没有？平凡的小白花，它比牡丹清雅，比桃李浓馥。你闻不见？真是！再见，明天一早就见面了，我们各自投身在伟大而麻烦的工作里边。然后晚上来找我吧，我们听美丽的《意大利随想曲》。听完歌，我给你煮荸荠，然后我们把荸荠皮扔得满地都是……"

林震靠着组织部门前的大柱子好久好久地呆立着，望着夜的天空。初夏的南风吹拂着他——他来时是残冬，现在已经是初夏了。他在区委会度过了第一个春天。

他做好的事情简直很少，简直就是没有，但他学了很多，多懂了不少事。他懂了生活的真正的美好和真正的分量，他懂了斗争的困难和斗争的价值。他渐渐明白，在这平凡而又伟大的、包罗万象的、担负着无数艰巨任务的区委会，单凭个人的勇气是做不成任何事情的……从明天……

办公室的小刘走过，叫他："林震，你上哪儿去了？快去找周润祥同志，他刚才找了你三次。"

区委书记找林震了吗？那么不是从明天，而是从现在，他要尽一切力量去争取领导的指引，这正是目前最重要的……

隔着窗子，他看见绿色的台灯和夜间办公的区委书记的高大侧影，他坚决地、迫不及待地敲响了领导同志办公室的门。

1956年5月—7月

《组织部来了个年轻人》琐谈

王 蒙

差不多二十三年前的一篇习作《组织部来了个年轻人》(发表时改题为《组织部新来的青年人》,收入一九五六年《短篇小说选》时恢复了原稿的题目,在即将出版的《建国以来的短篇小说选》中,用的是后一题目),最近被宣布"落实政策"了。这里,我暂不想谈小说的短长、作者的感想,只想说几个曾被误解的情况。

影 射

在一九五七年初,有一篇批评文章写道:"作品的影射,还不止于此……"当时,有的朋友读后对影射二字颇表愤慨。但我一点也没愤慨,原因是——说来惭愧,我当时还不懂得什么叫影射,嗅不出这两个字后面的血腥气味。我的小说就是写了缺陷、阴暗面,而且是写的一级党委的组织部门,大胆直书,百无禁忌,影射于我,何用之有?按,影射的目的无非是遮掩,影射的规律则是借古讽今,以远喻近,说自然现象而实指政治生活,却不会相反。"四人帮"诬画三虎是为林彪翻案,瘦骆驼是攻击国民经济;却不会反过来指责哪一篇谈林彪的文章是有意与北京动物园的小老虎过不去。那么,五十年代的中共××区委员会又能是影射什么呢?难道是影射唐宁官府?语近梦呓了。作者自幼受到党的教育,视党为亲娘,孩子在亲娘面前容易放肆,也不妨给以教训,但孩子不会动心眼来影射母亲。

说实话,当时不足二十二岁的作者要真知道影射和陷人影射之类的把戏,提高点警惕,倒说不定会好一些:含蓄一些,周密一些,分寸感强一些,辫子和空子少留一些。例如,全篇除一处提到《北京日报》以外再无一处提到过故事发生在北京,而仅仅为了北京有没有官僚主义就引起了那么多指责,以至惊动了毛泽东同志他老人家讲话,才得以平息(暂时平息了)。如果作者成熟一点,本来完全不必提北京,从而可以少找许多麻烦的。

不知道解放以后陷人影射之说是否从那篇文章开始的,反正影射这个概念既超出了文艺批评的范畴,也突破了法学的范畴,陷人影射不需要证据和逻辑,即使自我辩护未曾影射也无法剖胸献心。桃峰就是桃园,三虎就是林彪,做这种判断的人连讽刺喜剧《枫叶红了的时候》里的陆峥嵘都不如,陆峥嵘总还手提着一个(哪怕是假的)"忠诚探测器",还要探测一下的嘛。

比　喻

小说中的人物赵慧文有一处提到洋槐花，说这花"比桃李浓馥，比牡丹清雅"。一位前辈分析说，作品用牡丹比喻党政领导干部，用桃李比喻芸芸众生，而赵慧文自诩清高，自我比喻为小白花。

看了这个分析我深深为这位前辈的思想的深邃与敏锐、想象力的丰富与奇妙而赞叹。而且，我觉得这种分析并非凭空得来。确实，小说中的林震、赵慧文就是有某种清高思想，他们确实该在群众斗争中经风雨、见世面、改造世界观，逐步与工农群众相结合。但我也惭愧，因为我写花时只不过信手拈来，写那时的季节，写赵慧文的女性的细心，写感情的波流，总之，我写的是花，没有将花比君子，没有微言大义。形象思维有自己的规律，形象思维不是图解，如果认为描写花鸟虫鱼、风霜雨露、山水沟坎都在比喻什么，请试试看，写出来会是什么虚伪造作的货色！读者和批评家可能从作品的形象中得到某种启示、联想和引申，然而，这只能是读者和批评家在"兴"，却不是作者在"比"。顺便说一句，比兴经常连用，但比兴是颇为有别的。视兴为比，难免胶柱鼓瑟。

与此类似，有人说刘世吾的谐音是刘事务，可见作者视刘世吾为事务主义者。这对于作者也无异于说梦。作者当时根本不懂用谐音来帮助自己的人物亮相，如先进人物姓洪、坏蛋姓刁之类。这篇小说里人物的名字是这样起的：作者有一批老战友，作者取他们的名字，改换了姓氏，乱点鸳鸯谱，便成了小说人物的姓名。作者在这里和他的老友们开了一个小小的玩笑——就那么回事。

还有人问，雨夜吃馄饨一节写到一个小女孩进饭铺避雨，听意大利随想曲一节写到音乐节目后是剧场实况，这是废笔吗？败笔吗？别有奥妙吗？答：都不是。写避雨才有雨意，写广播剧场实况才有周末感。作者是写生活，生活的画面和音响就是如此。

查 究

小说一发表，引起了许多好同志的不安。他写的是谁？他对哪个领导不满？他写的是哪个区委组织部？他要干什么？谁向他透露了组织部的情况？难道××同志或××区委是这样的吗？舆论如此之强烈，直接影响了作者与他的一些老同志、老上级、老战友的关系。

甚至一位对小说备加赞扬的读者也著文断言，林震显然是作者的化身。

还有一位同志自称是林震的模特儿，并因而遭受了批判。

呜呼！

小说来自生活，它有生活的影子，有生活的气息，但它不是生活的复制。面包来自小麦，小麦来自泥土，但三者互有质的差别。当人们为一块面包是否烤得好而忧虑、而争执的时候，大可不必组织土壤学家去考察麦地。而写小说的人只要不是一个卑劣的恶棍，总不会利用小说攻击某个人、某个单位。

同时我们也可以相信，企图挟嫌泄愤的恶棍一般不会写出什么像样的小说来吧！文艺创作和刀笔诉讼，毕竟是隔行，所以如隔山。

如果你感到小说中的某人某事像生活中的某人某事，这也只是像其一点而已。我们可以从作品中得到共鸣、得到启示，也可以对小说有所不满足、有所批评或者反对，但不要按照新闻报道来要求小说吧，要相信小说是虚构，虚构就不是真人真事。否则，这不但会给作者带来意想不到的灾难，也影响百花的盛开。造成余悸的不仅有坏人的棍子，也还有好同志的误解。

1979年1月3日

附注：作者手边既无小说也无当年的评论文字，这篇小文纯系按记忆所写，错讹难免，望读者指正。

自传断片：组织部来了个年轻人

王 蒙

走上写作路后，我知道了苏联报告文学（更普及的称呼是"特写"）作家奥维奇金的名字，知道他曾经在苏联第二次作家代表大会上与萧洛霍夫联手向作协的领导作家特别是西蒙诺夫挑战。包括《土敏土》的作者革拉特考夫专门发表了声明，谴责他与萧洛霍夫。他的"揭露阴暗面"的说法，令我如望禁果，惊喜惧交加。

五五或者五六年，团中央发出号召，要全国青年与团员学习苏联女作家尼古拉耶娃的中篇小说《拖拉机站站长与总农艺师》，此书描写一个刚刚走向生活的女农业技术人员娜斯佳，由于不妥协地与一切阴暗现象作斗争，而改变了大局，使集体农庄的工作改变了旧貌。中国青年出版社将此书印了几百万册。当时农业问题，正像一切社会主义国家的农业问题一样，困扰着苏联当局与公众。

而我已经不仅仅是一个小青年,我是略有资历的青年工作干部了。我不相信娜斯佳有这样的运气,一坚持原则就马上势如破竹。我刚刚处理过一个事,一位陆姓团员,喜欢活动,并不服领导,到处提意见,受到留团察看两年的处分。我与一位曾在苏联团校学习过的市里管团的纪律检查的同志研究过小陆的问题,这位同志给我讲了一个概念:反对派。他说,总是充当反对派的角色,有可能最终变成反动派。他给了我很大的启发。

(此陆姓青年,名大彪,因受处分,连大学也没有被录取。后来他连连找我,我帮助他及时恢复了团籍,才被取到一个相对偏远一点的学校——山西太谷农学院。他显然汲取了教训,见了我只知鞠躬哈腰,一家伙就"成熟"起来了。)

世事洞明皆学问,人情练达即文章,世事人情都告诉我,娜斯佳的故事恐怕是廉价的乌托邦。但是娜斯佳式的天真、热情与理想主义,对于我,一个二十一岁的团干部,一个初出茅庐的青年作者来说,仍然颇有魅力。文学有文学的性格,文学有文学的蹊径洞天,直到想入非非:生活中到处碰壁、不受欢迎、尴尬狼狈,但并无大恶,乃至不无几分可爱的人物,也许仍然可以入梦入诗入小说吧,谁知道呢?对于他们,我有同情,有叹息,有怜悯,也有轻视甚或也有欣赏。他们也许是成事不足,败事有余,改变环境不足,损毁自己有余。贾宝玉、林黛玉、晴雯或者芳官之类的青年,如果与我同事,肯定也会受处分被淘汰。但是,《红楼梦》中,有他们的一席之地,是他们大有用武、大行其道的地方。

我在改《青春万岁》，很顺利，我常常住到郊外，我父亲那里，中关村公寓，不受干扰。我已经找到了感觉，知道我在写什么，知道我正在写的与前边与后边都有着怎样的联结，知道什么时候应该承接前文，什么时候应该有所变化，有所旁骛。我愈来愈感到长篇小说的结构如同交响乐，既有第一主题，又有第二第三主题，既有和声，还有变奏，既有连续，有延伸、加强、重复又有突转与中断，还有和谐与不和谐的刺激、冲撞……结构的问题，主线的问题，与其说是一种格式一种图形不如说是一种感觉，对于小说写作的音乐感韵律感与节奏感是多么的迷人！像作曲一样地写小说，这是幸福。什么地方应该再现，什么地方应该暗转，什么地方应该配合呼应，什么地方应该异军突起，什么地方应该紧锣密鼓，什么地方应该悠闲踱步，什么地方应该欲擒故纵，什么地方应该稀里哗啦……全靠一己的感觉。写作的人怎么会没有这种感觉呢？一一表述，另起一枝，抒情旁白，众声嘈杂，喁喁絮语，悬念如天，吊起胃口，原来如此，拍案惊奇，然后是余音嬝嬝，前后照应，会心尽意，天衣无缝或者故意卖个破绽，引人辗转反侧。写小说，有多少灵气就有多少招术……我定可如期改好，改得很好。我的感觉与悟性与我的设计，我的苦思冥想一致，我的感觉解决了所有我的设计与苦思冥想中碰到的难题。

当写作进入了找到感觉的状态，那可真妙。想了再想，好句子好情节好细节好抒情好刻画都油然而出，若有天助，若系天成，《青春万岁》本来就是那样圆润、晶莹、纯真、热烈、饱满、动人。《青春万岁》本来就呼吸在徘徊在飞翔在宇宙之间，等待着王蒙的寻找，等待着王蒙的发现，等待着王蒙的撷拾，等待着王蒙的抚摸。《青春万岁》比它的作者好得多，完善得多，可喜得多，英俊和美丽得多。作者可以一般乃至许多缺陷，可以羞煞愧煞，而《青春万岁》应该成为时代的天使，青春的天使，飞入千家万户，拥抱千千万万个年轻人的身躯，滋润千千万万个年轻人的心灵，漾起千千万万个年轻人的微笑，点燃千千万万个年轻人的热情。

在最最享受的状态中，我有余力再写点别的。我一直是这样，同时做一两件事情，互相调剂互相补充互相变化，避免单打一，避免重复与疲劳，互相促进又互为休整。于是我在一九五六年四月，在我二十一岁半的时候，写下了改变了我的一生的《组织部来了个年轻人》。

我可以以我的"区里的日常生活"（奥维奇金名作之题）写成小说了，我可以大大地诗化浪漫化我的日常经验了，我可以提出娜斯嘉的故事的可信性这个大问题来了，我可以把我在剧本中没有完成却已经酝酿于心田的故事终于弄出个样儿来了。我可以表现我的经验，我的成熟，我的政治化，我的非同一般"文学青年"，我的入世与我的惶惑我的多情我的叹息我的艺术细胞来了，我可以把日子与事情写成诗篇，把诗心贯注到日子和事情上去。我相信我的忠诚和我的勇敢，相信我的世事洞明和我的摇曳多姿，相信我的"少共"风度和作家才气，我会成就一篇怎样的小说啊！

五月份我寄去了稿子，六月份责任编辑谭之仁老师向我转达了主持常务的副主编秦兆阳老师对此稿的欣赏之意，并提出了原稿写得粗糙的地方，要我修改。我很兴奋，像写诗一样地把全篇背诵了下来，改了又改，推敲了又推敲，我体会到了改了再改，精益求精，像绣花一样的自得其乐的趣味，我再也不是初学写作者的"小豆儿"的面貌了。我终于觉得闹得像一篇精美的"大作"了——约两万字，放到以后该算中篇了——我二次送去了稿件。

稿子在九月号的《人民文学》上登了出来，不是头题，头题是东北作家杨大群的《小矿工》。

我在山西太原看到了这期新出版的刊物。瑞芳时在太原工学院就读，一九五六年九月我去山西看她。"破镜重圆"，无限感动。

我是说去就去了的，她事先不知道。她此后多次说起在学校宿舍听到一双小皮鞋咯噔咯噔作响时的情形，这双镂花皮鞋是从崇文门国际友人服务部买的，是苏联进口货，约二十余元，很豪华。皮底，小小铁掌，走起来清脆得吓人。我被她的同学们留住在女生宿舍的一间空屋里，想起来那时的大学可真自由。而且，她的同学们都欢迎我，而不欢迎另一个也许在打瑞芳的主意的什么人，并批判那个人有"挖墙角"的丑行。我在太原与芳同在柳巷吃了西餐，在剧院看了果仙的晋剧。一出《鞭打芦花》也令我泪流满面：被虐待的孩子为几乎"被休"的继母说情，"母在一人单，母去三人寒"，这样的善良何等感人。我们徒步从城区走到西郊移村，经过汾河上的迎泽桥的时候，她说由于有桥栏杆挡住了风，她感到了暖和。这令我觉得十分可笑，因为桥栏杆疏疏落落，不可能挡风。而感觉是绝好的。我们一起去了晋祠，回来时差点错过了最后一班车，而且耽误了晚饭。那时的公共交通艰难极了，久等不至，拥挤不堪，道路颠簸，尘土飞扬。晋祠虽然破败，毕竟发思古幽情，我们在一个类似船体的建筑上留了影。临别时我喝了汾酒，至今我是汾酒的知音。我喜欢它的小曲香味。依依惜别的时候，微醺中，我在车站广场的报刊亭里发现了这期刊物，我买了送给她。我匆匆翻阅着自己的作品，就像读旁人的东西，小说，当然是另一个世界，不但对于读者，而且对于作者，都有一种陌生感，神秘感，和生动感。

我的原稿头一段是这样写的："三月，天上落下的似雨似雪……"，我以"天上落下的"作主语，省略了落下的"东西"二字，我喜欢这样的造句。发表出来改成了"天上落下了似雨似雪的东西。"我不明白，为什么改得这样不文学。

然而这并不重要，重要的是一篇洋洋洒洒的"东西"，似雨似雪的"东西"从堂堂的《人民文学》这块高级天空上飘落下来了！

我其实仍然沉浸在一九五六年夏的激动中。这一年暑假，在离开北京以前，芳去看了我，她的到来挽救了乾坤，挽救了我的一生，没有这个挽救，我根本经受不住后来的考验。多少个画面，多少条街道，多少次接触，多少次想念，一时间纷至沓来，谁能不热泪盈眶？感谢生活，感谢上苍，一切都挽救过来了！

那时的北京到太原要坐一夜火车。那时坐火车从来没有想到过坐什么卧铺。与我同车厢的硬座席上有中央乐团所属陕北绥德农家姑娘们组织的民歌合唱团，她们在午夜高唱"提起个家来家有名，家住在绥德三十里铺村……"，她们健康，苗壮，质朴，脸蛋儿红得像苹果。同行的还有笛子演奏家冯子存，他给乘客吹了《放风筝》。那时的文艺工作者和那时的公众都是天使，生活在新社会新型的列车上就像生活在天国。

而一出太原火车站，就到了五一广场，到处是吆喝叫卖，"老西儿"调子："大众（音纵）电影儿，两毛儿一本儿！"还有"玉茭子，玉茭子"是卖青玉米的。

往事依稀犹入梦，如今面目已全非了。

说来可怜，我长大以后除了良乡的半年与天津的一晚上之外，我还没出过北京城呢。而太原，对于我来说，已经意味着一道道水来一道道山，翻山越岭又过了片片农田，真是个遥远的地方啦。沿路的似曾相识却无缘一见的地名，保定、正定、石家庄、井陉、娘子关、寿阳、榆次，也那么使人感慨：大地辽阔，爱情弥天，才华驰骋，列车飞奔。进入山西，要经过八十多个山洞呢。

太原的一切使我入迷，柳巷繁华，有上海饭店与西餐馆。海子边公园后门旁的面馆，有一位矮个子男性服务员，他的效率与态度绝对是那个时候的李素丽。迎泽公园还是一片野地。而太原工学院（今太原理工大学）新址的移村，那时还闻得见周围青纱帐的庄稼香气。移村紧连着西郊煤矿，常常看到矿工唱着小曲从校门前走过。夜间有挑着挑子卖醪糟鸡蛋的。我们还去了晋祠公园与郊区的双塔寺公园，在双塔寺，发生过芳的同班同学的风流事件。太原的气候更清爽怡人。一九五六年九月中旬我在太原的经历，甚至使我淡忘了《组织部……》这篇小说。

火车拉响了汽笛，车厢的收音机里播送着那一周的"每周一歌"节目，是一首湖北民歌："金扇哟，银扇哟……咚咚锵……"（从此我一听到这个歌就百感交集）也是多情的歌曲。回想着新出的刊物,带着汾酒的与酱香、大曲香等不同的香气,怀着终于爱我所爱的对于上苍的感激,转着念头想回京后就提出来与芳结婚的请求,推敲着"天上落下的似雨似雪"究竟有什么不妥,钻过山西境内石太线上的一个又一个山洞,越过一道又一道桥梁,框气咣当,框气咣当,夜色压过来了,正在吞噬一切。我迎接着组织部那个谁也不知是何许人也,谁也不知会碰上什么事情的年轻人的出世。

我虽然有"童子功",我虽然早已完全习惯于对一切精神现象作意识形态的分析,我虽然常常胜任地或勉力地进行批评与自我批评,但是文学,小说,诗,对于我,对于你,对于大家和后人,它不完全、不该仅仅是意识形态与思想分析的对象,不能够仅仅成为传声筒,成为观念的例证。

然而,甚至连我自己当时也有点混淆了文学与工作与现实的差别,小说的写作使我入了迷,使我自以为这不但是小说,而且富有所谓的现实意义,我曾以为我可以以这篇小说献给有关的领导机构。

其实,这本应是我的快乐和感动,我的酸楚和失落,我的小小的非常个性化的遐想与话题。和在太原火车站的告别一样,和穿过千山万水坐着火车听车轮的铿锵铿锵地响一样,和行进中的满足与晕眩一样,这应该是一种生活的滋味,一种莫名的欢欣和失落。这应该是我青春的自信和(荒唐的)天真,爱恋和悔恨,迟疑和献身,骄傲和流连忘返:就像我的入党和初恋,即使一遇就准,始终如一——也仍然黄河九曲,风波连天。

《组织部来了个年轻人》是我的诗。陆文夫不断地说,王蒙首先是一个诗人。他的话里也许包含着他认为我不怎么善于把素材故事化的暗示。然而,许多年了,最重要的写作的冲动来自对于我的诗情之弦的拨响。小说里写道:天上落下的似雨似雪,这是诗。三轮车夫说不要钱,这是诗。(其实没有这样的事,但是有一次我坐三轮到区委,车夫确实表达了对于区委的敬意与拥戴。)与老同志们交流,这是诗。见到了赵慧文,这更是诗。吃荸荠是诗。吃馄饨是诗。下大雨还是诗。槐花颂是诗。突然出现的"炸丸子开锅"的小贩吆喝也是诗。儿童文学作家刘厚明就注意到了炸丸子的吆喝声,叹息良久,而且说从"炸丸子开锅里"感觉到了王蒙的特点。或许应该是:诗意与平凡,入世与出世,小与大,俗与超脱,有与无,骄傲与谦卑,灵界与人间……

　　至少,这不是一个直奔主题的小说,后来,在我接受批判的时候,一位小领导批评说"组"里有许多不必要的描写,例如,林震与赵慧文长谈后,提到广播节目的变化的文字便属多余。我能说什么呢?

　　它也是青春小说,与《青春万岁》一脉相承。青春洋溢着欢唱和自信,也充斥着糊涂与苦恼。青春总是自以为是,有时候还咄咄逼人。青春投身政治,青春也燃烧情感。青春有斗争的勇气,青春也满是自卑和无奈。青春必然成长,成长又会面临失去青春的惆怅。文学是对青春的牵挂,对生活与记忆,对生命与往事的挽留,是对于成长的推延,至少是虚拟中的错后。是对于老化的拒绝,至少是对于生命历程的且战且进,至少要唱着青春万岁长大变老当然也变得炉火纯青。作为同样的青年，作者对林震二十四个同情，作为干部，作为已经执政的共产党党员，如果是在工作中生活中，作者只能把林震看作小儿科、爱莫能助，却又为之长太息以掩涕。林震说什么党是心脏，心脏里不能有尘土，所以党的机关不能够有缺点。笑话！这样的天真烂漫或者幼稚可笑，这样的十足废话毫无意义，作者写的时候未必不明白。然而，这是愿望啊，和长生不老，心想事成，福如东海，寿比南山，海枯石烂、气冲霄汉，钢铁意志，牢底坐穿一样是我们的愿望啊。也是我们的审美幻想，审美对象。生活中缺少现实感的东西也许在审美中更加迷人。我们善良，我们天真，我们的愿望常常不能实现，因其不能实现就更要写到小说里。不是吗？在病历上、诊断书上、条例上、操作规程、使用说明书上与法律上写不进的东西，难道就不能写在小说里吗？小说家言，是不能做操作的数的，是想象与趣味，梦幻与激情的产物，是与现实不完全吻合的果实。也许连果实都谈不上，只是花朵与花蕾，只是催促花蕾开放的一阵清风。

我的《组织部来了个年轻人》！它是我的另一套应该叫做心语的符码。它是我的情书，给所有我爱的与爱我的人。它是我的留言。有一天，没有我了，留言还在，这么一想已经使我热泪如注。它是我哼唱的一首歌曲。它是我微醺中的一次告白。它是我点燃灯火时，看到绿草发芽或者山桃开花时许下的愿。它是我献给生活的一朵小花。是我对自己，对青春，对不如意事常常有（我没有说不如意事常八九）的人生的一些安慰。它又是对于伟大的时代，伟大的新中国，伟大的机遇与伟大的世界，对于大地和江河山岭，对于日月和星辰，对于万物与生命的一种感恩，当然不无自得，不无飘飘然。它是我的问号，惊叹号和逗点。一个自以为是天之骄子的年轻人，一个被历史所娇宠的天选人才、少年意气的共产党员，才会有这样的倾吐，这样的诗篇，这样的袒露心扉，这样的心灵絮语，或者硬起头皮说出来吧：这样的文学撒娇。

所以毛主席说了作者有文才。当然是毛主席，一眼看了出来。而另一面，叫做大洋彼岸的一些人，在将此作收入到意识形态挂帅的《苦果》（一九五八年出版于伦敦泰晤士出版社，副题是"铁幕后知识分子的起义"）中的时候，在反共主义的激动中仍然没有忘记说了一下：王蒙的小说有一种Different style——不同的风格。是不同啊。比较一下那一年与王常常被同时提起的发表了影响甚大的"揭露阴暗面"特写的另一位写作人吧，与他的黑白分明，零和模式，极端对立，一念之差换转过来就万事大吉的对于生活的审理与判断相比较，或者哪怕是与苏联的奥维奇金、杜金采夫相比，小小的王蒙是多么地不同啊。

然而，与极其敏感又极其重要极其政治的题材相比，它的作者还是太年轻，太年轻，太年轻了。小说说不定与他本人一样有营养不良与发育不足，有孱弱与过敏，有钙和西斯敏的缺失。它的气象并不宏伟，它的自信并不坚决，它的分析并不面面俱到，它的展示并不有力，它的思辨并不分明，它在一个强有力的时代，在一个相信斗争，相信实力，相信意识形态决战的时刻，在一个奉"凡是敌人反对的我们就要拥护，凡是敌人拥护的我们就要反对"为圭臬的时刻，在核武器、北大西洋公约与华沙条约、暴力革命与坚信战争不可避免的年代，在镇反肃反、土改反霸、抗美援朝、三反五反、清理中层……万众一心铸造无产阶级的铁打江山的当儿，在一个大气磅礴然而粗糙得出奇的年月，嘀嘀咕咕地诉说两个一知半解、脉脉含情、纯洁无用、善良软弱的青年人的小小昏话……这不是荒谬的吗？呜呼哀哉，夫复何言！

我曾经开玩笑说，用小说克服官僚主义吗？不，还是用官僚主义克服小说更方便更可操作。这里需要的是另外的尺度，另外的价值判断，另外的说法。

如果不是用反对什么克服什么的标尺，（尽管在作品的一些层面包含着反对什么不反对什么的含意，）而是用阅读的角度，沉吟与遐想的角度，参考、自慰与益智、怡情的角度，从心灵的共鸣与安放的角度，从审美和形象思维的角度来看呢？什么都克服不了的小说却在"克服"（谁让王蒙这样习惯于用这个特定年代的词儿呢？）着衰颓（这个词我在《青春万岁》里就事出有因地使用了，即老化），克服着无动于衷与得过且过，克服着遗忘与淡漠，克服着乏味与创造力的缺失，一句话，小说想留下青春。小说不是什么有力量的存在。小说作者在许多情况下属于弱者，强者可以从政从军从商却看不上从文。小说的仅有的力量在于打动人心，供读者一恸、一哂、一惊、一皱眉或者一笑。小说的可能性是通过打动人，多多少少地，常常是少少地，快快慢慢地，常常是慢慢地，影响一下现实。有时候夤缘时会，小说也能红极一时，闹轰一通，时过境迁之后，你才知道那对小说与它的炮制者并非幸事，也绝对不能持久。

革命需要文学，需要文学的理想、批判、煽情鼓动。文学心仪革命,心仪革命的理想主义与批判锋芒,马克思说得多么好啊,无产阶级要用大炮来批判旧世界,叫做从批判的武器到武器的批判!文学也心仪革命的悲壮与浪漫,道德完成与自我牺牲。青年爱文学也爱革命,青年是革命的先锋,有时候还成为主力。革命使苦闷的、燃烧的、急躁的与诚挚的青春目标明确,阳光灿烂,想到就做,透体充实。然而革命也不会永远欣赏青春的空洞与摇摆,偏激与狂热,眼高与手低,脆弱与情绪化。而青春呢,当它发现革命的实际非常实际,革命的浪漫并非永久,革命的应许并非毫不走形地兑现百分之百,尤其是您哥儿几个设想的革命梦并非就是革命本身的时候,它会咕叽些什么呢?它会闹腾些什么呢?它会神经些什么、思考些什么、选择些什么呢?

那么,给他们几篇像样的小说读读吧。在一个全民欢呼好几年了的伟大崭新的地方,让我们也听一听各种内心深处心灵深处的潜流一般的声音吧。

这就是时过半个世纪,作者本人对于Different style的《组织部来了个年轻人》的夫子自道。

(选自《王蒙自传第一部·半生多事》,花城出版社2006年5月第1版)

文学与我
——答《花城》编辑部××同志问

王 蒙

××同志：

来信悉。此次从海军部队回来经广州，蒙你们安排照顾，见闻颇丰，很有教益，多谢了。对于公开回答你所提诸问题，本来我是不太愿意做的。因为我一贯不主张一个人写了几篇东西，便可大写"自传"，似乎一切经历、行状都有了公之于世的"意义"。但鉴于近来写到我的"生平"的《文学家辞典》之类所传甚多，间有错讹，为了避免以讹传讹，以假乱真，我只好破例向《花城》的同志交代一番。

关于我的"基本情况"

我祖籍河北省沧州专区南皮县。南皮，因是张之洞的故乡，故小有名气。但我这一辈已出生在北京了。具体地说，我出生在北京沙滩，当时我父母都在京上学。

我出生在一九三四年十月十五日。出生后回过南皮。一九三七年"七七事变"爆发后，全家彻底迁往北京，叫做逃难，至今我依稀记得坐马车逃难，夜宿旅店，听到牲口吃草声音的情形。小时候，在家里我说沧州话，在学校说北京话。

学龄前在香山慈幼院附属幼稚园（即幼儿园）受教育，其旧址在地王庙，后为女三中。

一九四〇年我不满六足岁，"考"入北京师范学校附属小学，简称北师附小。二年级的级任老师（相当于现在的班主任）叫华霞菱，她是一个非常优秀的教师，在品德上和知识上对我循循善诱，使我终生难忘。一九四五年，抗日战争胜利以后，单身的她响应当时国民党政府的号召，报名到刚刚"光复"的台湾推广"国语"去了，据说至今仍在台湾。

一九四五年我跳了一级，考入私立平民中学，因当时报考公立学校需要文凭，而我小学并未毕业，只好考私立的。在小学和初中，我学习成绩较好。平民中学旧址现为北京第四十一中学。

就在我考入中学这一年，日本投降，使我兴奋若狂。因为我虽年幼，但和其他儿童一样，具有反日的民族自尊心理，所以，我曾热烈地欢迎"国军"的到来。

国民党政府迅速腐败使我绝望。整个腐烂的旧社会孕育着伟大的人民革命运动。我从一九四六年起和当时的地下党员建立了经常的联系。阅读了一些马克思主义的小册子、毛泽东著作和革命（包括苏联的）文艺作品。《论联合政府》《社会发展史纲》《大众哲学》《白毛女》《李有才板话》《土敏土》《铁流》……都是在解放前悄悄阅读的。

一九四八年十月十日，还差五天十四足岁的我加入了中国共产党，成为她的地下组织的一个成员。并立即投入了发展组织，积蓄力量，迎接解放，保卫北平的斗争。在这样的年代，我的最高理想是做一个职业革命家。

一九四九年一月底，北平和平解放。三月，我成为当时的新民主主义青年团北平市工委的一名干部。八月，到中央团校学习。

一九五〇年五月，在中央团校学习期满后，分配至新民主主义青年团北京市第三区（后改为东四区）工作委员会。一直到一九五六年，我从担任干事开始，到担任副书记。

这几年的大部分时间我联系几个中学的团的工作。在中国翻天覆地、高唱革命凯歌行进的年代成长起来的少年——青年人的精神面貌是非常动人和迷人的，特别是其中那些政治上相当早熟的"少年布尔什维克"，给我终生难忘的印象，当然，我自己也是其中的一个。

一九五二年第一个五年计划开始，我曾热切地申请参加高考，我想学建设，到建设第一线去。从小，我就是既喜欢文科也喜欢理工科的。而且，五十年代我所读的苏联作家安东诺夫的小说《第一个职务》也影响了我，使我对建筑工地充满神往。

我的申请没有被批准。到第一线搞建设的愿望无法实现，小小年纪的我产生了一种开辟新战线的跃跃欲试的情绪，还有一种怀旧的情绪——我非常怀念地下党的那些同志，那些在解放前后积极投入了革命斗争的青年人，那些热情地迎接解放，又热情地投入了建设新生活的斗争的青年人。

于是我决定写小说。从一九五三年十一月起，开始写《青春万岁》，陆陆续续写了一年。一九五四年底，我把稿子给了中国作家协会文学讲习所的潘之汀同志，请他看看。潘之汀同志写信称赞我的"才华"，并把此稿转给了中国青年出版社。一九五五年九月，中国青年出版社的编辑吴小武（即萧也牧）同志和看了此稿的老作家萧殷同志找我谈话，肯定了小说基础并提出了修改意见。

在等待对《青春万岁》的意见的同时，我写了短篇小说《小豆儿》，寄给《人民文学》，不久，发表在这一年第九期的《人民文学》上了。这是我正式发表的第一篇小说。

第一篇小说的发表并未使我愉快，因为我发现，小说被删去了三分之一，题目也变了。我写了一封气势汹汹的质问信给《人民文学》，葛洛同志接见了我，讲了修改的道理，使我赧颜。

一九五六年初我又发表了一短篇《春节》。同时萧殷同志为我联系了半年的创作假。同年四月，参加了全国青年文学创作者会议。会后我写了小说《组织部来了个年轻人》，发表在第九期的《人民文学》上。也是在九月，我的《青春万岁》修改完毕交稿。

一九五六年十二月，我调至四机部有线电厂，任团委副书记。

一九五七年以后和在新疆

在一九五七年的"反右"斗争后期,我被"扩大化"进去了,这样,已排好版,打出清样的《青春万岁》未能出版,直到一九七九年,二十余年后,它才得以问世。

一九五八年至一九六二年,我在北京郊区参加体力劳动。一九六二年,我到北京师范学院中文系任教员。这一年,我发表了短篇小说《眼睛》和《夜雨》。

一九六三年十月,我参加中国文联举办的读书会。在这个会上,我向有关领导提出到边疆去,到农村去。同年年底,全家抵达乌鲁木齐。

从一九六三年底到一九七九年,我在新疆生活、工作、劳动了将近十六年。特别是从一九六五年到一九七一年,我在伊犁地区的巴彦岱公社劳动锻炼,并一度兼任该公社二大队的副大队长,那是一段非常宝贵和永远难忘的经历。我和当地的维吾尔族农民相处得十分融洽,六年里我和维吾尔族老农阿卜都热合曼与老农妇赫里其汗住在一起,亲如一家。我学会了属于阿尔泰语系突厥语族的维吾尔语,能熟练地与维吾尔族人交谈和在会议上进行同声口译,并能把维吾尔文的文学作品翻译成汉语。由于维吾尔农民和当地干部的保护,在"文化大革命"中我没有受到过任何人身侮辱。一位关心我的老同志知道我的经历后,认为我在十年内乱中平安无事是一个奇迹。上了两年"五七干校"以后,从一九七三年我先后在新疆维吾尔自治区文化局、文联担任翻译和编辑工作。

因此，不能简单地把我去新疆说成是被流放。去新疆是一件好事，是我自愿的，大大充实了我的生活经验、见闻及对中国、对汉民族、对内地和边疆的了解，使我有可能从内地—边疆、城市—乡村、汉民族—兄弟民族的一系列比较中，学到、悟到一些东西。新疆的干部、作家、群众……都对我很好。

当然，如果没有"反右"运动中的被"扩大"，我大概不会去新疆，而那是一件非常痛苦的、荒谬和不幸的事情。

这几年

一九七六年十月的事件使我欣喜若狂，我当时已经感觉到，旧的时期结束了，充满了新的希望的新时期开始了。当然，那时我没有想到拨乱反正能够这样彻底。

一九七八年我开始发表小说，有《队长、书记、野猫和半截筷子的故事》《最宝贵的》《光明》等。这时候我写小说还是相当拘谨的。但在《最宝贵的》结尾时所写的严一行（市委书记）的内心独白里，已经充满了我的血泪。

一九七九年初，在"沉冤"二十余年之后，"反右"中的问题终于得到了彻底的改正。我从北京市委开出了迟开了十六年的党员的组织关系介绍信回新疆，心中感慨万分，这就是中篇小说《布礼》的由来。虽然《布礼》并不是一篇自传性小说。

同年夏天，我终于举家迁回了阔别十六载的北京，开始时没有房子，住在市文化局的一间只有九平方米的小屋里，对面是盥洗室，昼夜流水哗哗；窗后是电视室，每晚响起性能良好的高低音喇叭。时值盛夏,我每天赤膊上阵,只穿一个短裤衩写作。《布礼》《友人与烟》《悠悠寸草心》《夜的眼》和许多篇评论、创作谈,都是在这里写的。

一九七九年十一月我搬入新居,写下了《说客盈门》与《风筝飘带》。一九八〇年初我回新疆参加了一个活动,并在乌鲁木齐写下了《买买提处长轶事》,回京后,我写了中篇小说《蝴蝶》。这一年六月我去西德访问两周,同年八月底,又应美国衣阿华大学国际写作计划主持人聂华苓女士之邀去美国访问了四个月。

一九八一年初我访美经香港归来,带回一个在衣阿华五月花公寓写的中篇小说《杂色》,然后写了短篇小说《深的湖》。同年夏天,我写了中篇小说《湖光》与《如歌的行板》,微型小说《不如酸辣汤及其他》。秋天,我重返新疆,重访巴彦岱公社,又去了特克斯县牧区。在新疆,写了短篇小说《心的光》与《最后的"陶"》,散文《故乡行》。《故乡行》在《人民日报》发表之后,一个美籍华人来信告诉我,说他读后感动得流下了眼泪。

一九八二年,我发表了近十万字的中篇小说《相见时难》。其中美籍华人蓝佩玉,是我非常熟悉的一种人物。有人怀疑我能否对美籍华人有足够的了解,其实,他们不知道,这些解放前夕离开中国大陆的青年学生正是当年的学生运动里我们烂熟地打过交道的那些人,其中有一些可说是当年左派学生的手下败将。然后,三十年过去了,他们陆陆续续以"外宾"或"准外宾"的身份回来了,重新与当年打过交道的左派学生,现在我国各条战线的中坚、骨干见面,这是多么令人激动、令人困扰、令人思索的经历呀!我觉得《相见时难》并未尽其意,也许我还会写个续篇或再续篇的。

一九八二年我还写了短篇小说《惶惑》《听海》和《春夜》,中篇小说《莫须有事件》和《风息浪止》。还有短篇小说《青龙潭》,发表在一九八三年初。

一九八二年五月,我再次访问美国,参加了纽约圣约翰大学举办的中国当代文学讨论会,并顺访墨西哥一周。

一九八二年十二月,根据军事题材创作会议的安排,我去西沙群岛和海南岛深入海军部队的生活。海军战士的艰苦奋斗、自我牺牲、英雄主义给我留下了深刻的印象。我写了一篇散文诗《西沙之什》,发表在《昆仑》一九八三年第二期上。

关于我的"评论"

我还写过一些创作谈、评论之类的文字。原因是我要开许多会,参加会就要准备意见,发言,便形成了"评论"文章。遇到索稿太急的编辑,当我没有小说作品可以交任务的时候,便请"评论"来救急。同时,我认为文学是社会的事业,整体的事业,我有什么想法,对别人的作品有什么意见,愿意公之于世,求教于人。

我的"评论"是带引号的,因为它缺乏理论的严谨性,而更多的是随感的性质。我追求把评论当散文或者杂文来写,当然,这样做或许能显得活泼一些,但同时会影响这种文字的严密、科学性。写什么东西,追求什么风格,往往都是有一得必有一失。

这一类文字中较重要的有《当你拿起笔……》（一九七九年至一九八〇年的《青春》）、《我在寻找什么》（《王蒙小说报告文学选》序言）、《倾听着生活的声音》（《文艺研究》一九八二年第一期）、《一个值得探讨的问题——谈我国作家的非学者化》（《读书》一九八二年第十一期）。

此外，我谈不上有什么特别的文学主张。在创作上我进行了一些试验，但从来认为生活是第一性的，生活的丰富决定了题材的多样性和手法的多样性。在各种试验中占主导地位的是以人物和故事为经，以心理描写（包括接近意识流但又与西方现代派的意识流全然不同的写作)为纬的作品。其次是一些幽默讽刺作品。我在这些幽默作品中追求的是对一些有缺点的人物的善意的揶揄和有节制的讽劝。

我的个人生活

关于我的生活。我要说，我有一个幸福的家庭，妻子与我同甘苦，共命运，永远心挨着心，她是我历尽坎坷而不垮下去的精神支柱之一。我的两个儿子都已大学毕业，我的小女儿也已是共青团员。

我喜欢游泳，不放弃每一个游泳的机会。我曾在西沙的金银岛和海南岛榆林港附近游泳。我曾在美国衣阿华的室内游泳池游泳。在墨西哥，我不但游了泳而且从三米高的跳台跳水。在新疆，我曾从五米高的峭壁上往水库里跳水。可惜，我跳水的姿势百分之百的不合标准。我还喜欢听音乐，包括西洋音乐和民族民间音乐，某些地方戏曲、大鼓书和洋歌剧。年轻的时候喜欢唱歌，现在不唱了。

我还喜欢做平面几何的证明题，虽然我这方面的学历大概只相当于初中毕业，但是遇到三角形和圆，我就跃跃欲试。我始终认为，人类的理性活动和逻辑推理活动充满着灵感、诗情和智慧的喜悦。

我喜欢学语言。除了维吾尔语外，我利用几次出国机会唤起了少年时期（一九四五年至一九四八年)在课堂上学英语的记忆。目前，在国外，我的英语完全可以对付社交和生活的需要。

我总觉得语言也是一种艺术、一种音乐，是打开一种人心、一种文化的钥匙。多学一种语言就等于多长了一双眼睛、一对耳朵、一个舌头和一副头脑，学英语、读英语、听英语和说英语，是当前我的癖好之一。

今后的写作计划，我说不出，我常常在写作上缺乏必要计划性。大致上，在相当多产地写了差不多四年的短篇和中篇以后，我要稍停一停，转入写更有分量、更扎实、更能立起几个实实在在的艺术典型的新作品。

  祝
编安

           王　蒙

毛泽东五谈王蒙《组织部新来的青年人》（节选）

崔建飞

一、当代文学史中的一个特殊现象

毛泽东一生爱读、爱谈文学，他的文学鉴赏和文学创作的水准也很高。但细心的观察者会发现，毛泽东鲜少谈到中国当代文学中的小说作品。特别是短篇小说，除了对王蒙的短篇小说《组织部新来的青年人》大加谈论之外，我们还没发现毛泽东在重要会议上，一而再、再而三地公开评说其他任何一篇当代短篇小说。长篇小说有，如姚雪垠的《李自成》，还谈过他的散文《惠泉吃茶记》①；散文诗歌有，如流沙河的《草木

---

① 参见《毛泽东文艺论集》第173页，中央文献出版社2002年版。

篇》①；但也不及对《组织部新来的青年人》谈得那样多。毛泽东谈中国文学，给人大致的印象是：古典小说中，他谈得比较多的是曹雪芹的《红楼梦》，其次有《西游记》、《三国演义》等；现代小说中，他谈得比较多的是鲁迅，谈到过《阿Q正传》等，谈他的杂文、旧体诗更多一些，当然还有全面的评价；②而当代小说中，毛泽东谈得比较多的，则是王蒙和他的《组织部新来的青年人》了。谈曹雪芹，是在作家盖棺之后。鲁迅的情形也差不多。而毛泽东谈王蒙的时候，王蒙才22岁，发表作品尚不到8万字，是毛泽东时代一个副处级基层团干部，一位刚露尖尖角的青年作家。而如今，王蒙已盛名遐迩，年逾古稀，发表作品1000余万字了。

毛泽东对王蒙和他的《组织部新来的青年人》，不是一般地谈，而是大加评说，这么说的根据有五：一是谈的次数比较多，据笔者目前掌握的材料，他先后谈了至少五次。二是谈的非常密集，这五次谈论的时间，集中在1957年2月至1957年4月的两个月时间内。三是谈得语气很重，颇动感情，有一次还对小说的修改者、《人民文学》副主编秦兆阳"大为震怒"。四是不是就事论事、就文艺作品谈文艺作品，而是把它与重大政治举措和重大文艺方针结合起来谈。五是谈论的场合有的规格相当之高，甚为郑重，譬如2月份的最高国务会议第十一次（扩大）会议，譬如3月份的全国宣传工作会议，这两个会议

---

① 参见《毛泽东文艺论集》第176页，中央文献出版社2002年版。
② 参见陈晋主编《毛泽东读书笔记》，广东人民出版社1996年版。

都因其重要性而载入了中国共产党史册。①

王蒙的《组织部新来的青年人》，是这样一个当代文学的特殊现象，不由得引起我们的关注。它是一部什么样的小说？毛泽东是在什么时间、什么场合多次谈论它的？都谈了些什么？毛泽东为什么对它情有独钟？这情有独钟说明了什么？为什么这一现象发生在王蒙身上？让我们试着搞清它。

二、关于王蒙和《组织部新来的青年人》

毛泽东在谈王蒙的小说之前，并不知道王蒙为何许人。毛泽东在最高国务会议第十一次（扩大）会议上说："我跟王蒙又不是儿女亲家，我为什么要保护他？"毛泽东在主席台上问："（王蒙）是共青团员吗？"有人答："是党员。"其时王蒙刚刚登上文坛，知道他生平情况的人还不太多。

王蒙1934年10月生于北平，1948年即14岁那年，加入了中国共产党地下组织。《人民文学》1956年9月号上发表《组织部新来的青年人》的时候，王蒙年仅22岁，时任共青团北京市东四区区委副书记。《组织部新来的青年人》并不是王蒙的处女作，他的第一部小说是个长篇，名《青春万岁》，在《组织部新来的青年人》发表的这个9月的最后一天，《北京日报》以《金色的日子》为题，选载了《青春万岁》的片段②。《组织部新来的青年人》也不是王蒙第一篇短篇小说，他发表的首

---

① 参见《中共党史简表》第281页，人民出版社1987年版。
② 参见《北京日报》1956年9月30日，第3版。

篇比较有分量的短篇小说,名叫《小豆儿》,载《人民文学》1955年第11月号。《小豆儿》的成绩也不错。当时中国作协为了展示第二次文代会后的文学创作成就,选编了一套丛书,《小豆儿》分别被短篇小说集和儿童文学集的初选者同时看中,经两主编林默涵和严文井商量,最后被选入儿童文学集。严文井在这个集子的序言中,提到"一批值得注意、值得欢迎的新名字",其中就有王蒙[①]。王蒙在悉心修改长篇小说《青春万岁》的时候,为了调节一下脑筋,于1956年5至7月份写成了《组织部新来的青年人》。这篇小说的原名叫"组织部来了一个年轻人",《人民文学》发表时,副主编秦兆阳把它改成"组织部新来的青年人"这个名字。当它被收入这年的《短篇小说选》时,王蒙为小说恢复了原名并删去了一个"一"字,定名为"组织部来了个年轻人",并使用至今。但毛泽东当时读到的,题目应是"组织部新来的青年人"。

这篇小说的梗概如下:林震是一个22岁的单纯、热情、有理想、有干劲的年轻人。由于表现好,从小学校调进了区委组织部。当他在一个"天空中纷洒着的似雨似雪"的残冬前来报到的时候,对党的区委领导机关充满了敬意和"神圣的憧憬"。但是,区委组织部的生活并不像他想象的那样伟大、纯洁和美好。主持组织部工作的第一副部长刘世吾,是一个有能力、有经验的领导干部,但他责任感和工作热情衰退了,成了一个冷漠的"老油条"。他有一句口头禅:"就那么回事。"林震的顶头上司是工厂建党组组长韩常新。韩常新外表讲究风

[①] 参见《新文学史料》1999年第3期,第133页。

度,"给人一种了不起的印象",他对解决基层存在的问题兴趣不大,却能说会道,特别有一套按照上级胃口写圆滑虚夸的文字材料的本事。林震和韩常新、刘世吾很快产生冲突,冲突主要发生在解决通华麻袋厂官僚主义问题上。厂长王清泉是一个问题严重的官僚主义者,上班时间下棋,对工作不负责任,作风跋扈,对党支部和群众的意见不予理睬。林震认为应该立即解决,并参与支持了麻袋厂工人反对王清泉的行动。韩常新、刘世吾完全了解麻袋厂的情况严重,但韩常新关心的不是抓紧教育纠正王清泉,他的兴奋点完全落在写一份漂亮中看的党建简报上,以娴熟的手笔和很高的效率,写出了一份关于麻袋厂建党工作取得成绩的文章。刘世吾则认为解决问题的时机不成熟,便采取"拖"的办法。直到两个月后党报发表麻袋厂的人民来信,揭露了问题,这时刘世吾才认为时机成熟了,雷厉风行地解决了王清泉的问题。组织部里只有一位"苍白而美丽"的女性赵慧文,与林震心曲相通,但比林震柔弱些。他俩交换对组织部缺点的看法,互相鼓励,还一起听音乐、煮荸荠、欣赏油画和春夜清雅的槐花香气。林震不能容忍党的领导机关有缺点,便在区委常委会上,尖锐批评组织部的问题,与韩常新、刘世吾发生争论。小说最后,已是初夏,林震勇敢地敲响了区委书记周润祥的大门,期望通过更高的上级来纠正组织部的缺点……

从小说的情节看,王蒙写的是一个初出茅庐、显得稚嫩的年轻人,刚走进新的单位,在整个一个春天里遇到的一些工作上和情感上的挫折,并同工作上的挫折抗争的故事。王蒙的同情心显然站在林震一边,但王蒙批评的锋芒,并不仅仅对着官僚主义。官僚主义最严重的地方是通华麻袋厂，代表人物是厂长王清泉。而王蒙的笔墨，重点是放在对组织部的描写上的。王蒙坚持使用原名"组织部来了（一）个年轻人"的用心，显然意在写组织部的工作状态，而非重在写一个青年人，更非重在塑造一个反麻袋厂官僚主义的青年人形象。组织部的缺点不是"官僚主义"一个词所能简单概括、一言以蔽之的。这里干部责任心的衰退，事业心的淡漠，表面上是主观上的工作作风、思想意识上的问题，深层次则与客观的政治体制上的、历史文化传统上的、人性中的问题有关。在如今，我们不是常常读到韩常新式的工作汇报，而且习以为常了吗？韩常新式的笔杆子，如今更是大有人在。我们现在不也常常听到刘世吾式的诸如"显然成绩是基本的，缺点是前进中的缺点"，诸如"解决这个问题的时机目前还不成熟"这样的观点，而且已经不以为非了吗？甚至有人还会欣赏这种貌似成熟持重的老练世故吧。正如"苍白而美丽"的赵慧文说的："他们的缺点散布在咱们工作的成绩里边，就像灰尘散布在美好的空气中，你嗅得出来，但抓不住，这正是难办的地方。"刘世吾的缺点是复杂的，比如说他的"时机成熟论"，在实际工作中也不是没有一点合理性，处理事情确实有一个量变观察、时机成熟的问题，所以"这正是难办的地方"。而林震的优点也是复杂的，比如他的单纯，他认为党的领导机关不能有缺点，他面对复杂麻烦的工作和生活，抱一种理想化的、单纯透明的美好愿望来挑剔一切，指责一切，这难道又是切合实际的吗？怀着纯洁的对于天堂的向往去做事，结果却向地狱的方向走了，这样的事情我们经历的还少吗？

王蒙试图通过这篇小说，告诉人们生活的复杂性、混沌性，但他的目的没有达到。因为绝大多数的读者和评论家，却从中得出了一个明确、清晰、是非分明的判断：这是一篇反对官僚主义的小说。《组织部新来的青年人》发表以后，产生强烈的社会反响，有赞同的，有反对的，争得很厉害。但赞同者和反对者在认定小说主题是反官僚主义的这一点上，却是基本一致的。作品的复杂性，被读者简单的概括理解，乃是世上许多优秀文学作品的普遍命运。《组织部新来的青年人》当所难免。这也证明了文学作品的特质，优长和局限。因此不能简单地说，读者对《组织部新来的青年人》是大大误读了，因为至少它说明领导干部官僚主义问题，在当时人们的心中已经普遍引起了警觉。一篇小说敏感地抓住了一个时代人们的心灵信息，通过精彩的描述，引起了人们强烈的共鸣，这难道不是一个难能巨大的成功吗？新中国初期，干部官僚主义问题刚刚抬头，年轻的王蒙以他敏锐的生活嗅觉和大胆的艺术勇气，发现了它并予以深沉的揭露，这篇小说也因为官僚主义作风近50年来的依然不绝并且有所发展而活着，而历久弥新。即使王蒙在《组织部新来的青年人》之后什么也没有写，就凭这一篇，也足以使他在中国当代文学史上占有重要一席。

　　毛泽东也认定这是一篇反对官僚主义的小说。从文学作品中抓住重大政治问题，是大政治家毛泽东的一个特点，例如他指出《红楼梦》写的是封建家族的衰亡史，阶级斗争激烈，第四回是总纲，便是他的独具慧眼，一家之言也是立得住的。因为认定了王蒙小说的反官僚主义主题，毛泽东便要为王蒙说话，为他解围。毛泽东说："王蒙反官僚主义，我就支持。"

毛泽东为什么对王蒙的《组织部新来的青年人》情有独钟？反官僚主义便是其中一个重要原因。王蒙小说在揭露共产党工作的阴暗面上，痛切，而不走极端，怨而不怒，哀而不伤，正提供给毛泽东一个借题发挥的文本。我们很难找出那个时代比《组织部新来的青年人》更合适的文本了。但反官僚主义不是毛泽东保护王蒙的唯一原因。还有一个重要原因，就是涉及到毛泽东当时提出的"百花齐放、百家争鸣"的文艺和学术方针。由于一些评论家对《组织部新来的青年人》"围剿"，毛泽东要借一个题目进行反拨，在这个意义上，《组织部新来的青年人》也是一个难能合适的文本。这是毛泽东大加谈论这篇小说的两个非常重要的大的政治背景。

三、毛泽东支持保护王蒙的两个最大的原因

先看一看反官僚主义的问题。

1956年，新中国成立到了第7个年头。在社会主义改造基本完成、第一个5年计划成绩巨大、新生的革命政权站稳脚跟之后，治国信心增强、心境逐渐从容的毛泽东等党中央领导人，开始考虑从革命到建设转变后的一系列的建国方针和建党举措。首先当然是治党，这是法宝。这年9月，中国共产党召开"八大"，毛泽东在开幕式上致词说："思想上的主观主义、工作上的官僚主义和组织上的宗派主义，这些观点和作风都是脱离群众、脱离实际的，是不利于党内和党外的团结的，是阻碍我们事业进步、阻碍我们同志进步的。"以反对主观主义、官僚主义、宗派主义为目标的全党新一次的整风运动，就

是在这次会议上开始酝酿,并于次年5月1日正式发动的。无巧不成书,"反官僚主义"的王蒙小说《组织部新来的青年人》也在1956年9月发表,真可谓恰逢其时。

1956年下半年,国际和国内的政治形势,使毛泽东等领导人对官僚主义的问题越来越忧虑、越来越重视。6月28日,波兰波兹南市发生罢工、游行示威和骚乱。10月下旬至11月上旬,匈牙利布达佩斯等地发生罢工、游行示威和骚乱。中央对这两个社会主义兄弟国家发生的事情,异乎寻常地关注,10月下旬连续开了若干次政治局常委扩大会议,往往都是在深夜召开,有的是在凌晨1时左右召开,可见会议之紧急,关注之严重。中国内部一些地区也接连出现不安定的苗头。从1956年9月到1957年3月半年时间内,全国发生数十起罢工、请愿事件,有数十个城市发生大、中学校学生罢课、请愿事件,在农村也连续发生闹社风潮。毛泽东在分析匈牙利党的错误时,把"官僚主义"放在头一条。毛泽东在分析国内闹事原因时说:"有些是因为我们在政治上或在经济上犯了错误。犯错误的原因无非是主观主义、官僚主义这些东西。"刘少奇也说:"人民群众起来闹事的主要原因是我们领导机关的官僚主义。"毛泽东这样称赞昆明航空工业学校妥善处理学生请愿事件:"这是没有官僚主义的。如果办学校的人,都照这个办法办,那就好了。"①

反官僚主义,既然成了毛泽东治党治国战略的最急迫、最

---

① 参见薄一波著《若干重大决策与事件的回顾》,中共中央党校出版社,1993版,第569—579页。

重要的任务之一,那么,他对《组织部新来的青年人》的好感,和对"围攻"这篇小说者的反感,特别是对其不承认北京有官僚主义的说法的反感,便是自然的了。

再看一看"百花齐放、百家争鸣"的问题。

也是在1956年,毛泽东等中央领导积长期特别是建国6年多的执政的经验,充分认识到和平建国和用小米加步枪打天下不同,必须更广泛地吸收、团结、依靠和加紧培养知识分子,否则很难缩短和发达国家科技水平上的差距,很难实现经济增长和国力强大。毛泽东在国际问题上,有两个思想状态值得注意。一个是他超英赶美的强国理想,一直很强烈;一个是他对苏联斯大林的只准香花、不准"毒草"的"单干户"型知识分子政策颇多反思,很不以为然,这也是他当时对苏共20大赫鲁晓夫秘密报告的评论之一。

于是1956年1月,中共中央在北京召开了关于知识分子的会议,全面系统地宣布了与苏联颇不相同的知识分子政策。周恩来总理的主题报告激动了知识分子的心。这个报告的关键之处,是周恩来强调绝大部分知识分子"已经是工人阶级的一部分",这就从政治上把知识分子看作了自家人。会议还对提高知识分子生活待遇高度关注。北京师范大学校长、历史学家陈垣满面春风地说:周总理的报告说出了许多知识分子的心里话。数学家谷超豪、哲学家冯友兰都表达了极为感奋的心情[1]。会议之后,知识分子精神振作,学术活动开始活

---

① 参见薄一波著《若干重大决策与事件的回顾》,中共中央党校出版社,1993版,第569—579页。

跃，社会学家费孝通称之为"知识分子的早春天气"。到了4月春更浓。是月28日，毛泽东在政治局扩大会议上说："艺术上的百花齐放，学术问题上的百家争鸣，我看应该成为我们的方针。"①5月，中宣部部长陆定一根据毛泽东的意见发表讲话，对"百花齐放、百家争鸣"进行公开详尽的阐述和发挥。毛泽东对中国知识分子的脉号得很准。物质上的关心，特别是精神上的解放，两手抓得都是过硬的。"百花齐放，百家争鸣"，以这样两个文学性很强、颇富诗情画意、音韵优美的语汇，来表达执政党的科学文艺方针，与领袖毛泽东的个性有关，也很对中国文人的胃口。"百花齐放"是一幅赏心悦目的春景，"百家争鸣"原指春秋战国时期，儒、道、墨等各种思想流派著书立说、互相论战、自由发表意见并形成各种学派的学术繁荣情形。毛泽东把这个两个词组在一起，充满了中国气派和中国古典审美情趣，比欧洲"文艺复兴"那个词更好听好看、更抒情因而更有鼓动性。到了9月，"百花齐放、百家争鸣"的方针被庄重地写入了"八大"文件，这更促进了中国知识界激情的空前高涨。《人民文学》在这个激情高涨的金色9月，放飞了《组织部新来的青年人》这只燕子，开出了这样一朵奇葩。《人民文学》真不愧中国当时最权威的文学杂志，它的政治嗅觉和艺术胆识就是不同凡响！

毛泽东当然知道，从建国初期大量存在的对知识分子的不信任，到信任，到重视，到尊重，到依靠，再到"百花齐放、百家争鸣"这样一个在某些党政干部看来，简直是对知识分子

---

① 参见《毛泽东文集》，人民出版社1999年版第7卷，第59页。

过于宽容、过于厚爱的方针，必然会遇到重重阻力。对《组织部新来的青年人》的巨大争议，便是文艺界的一个典型案例。毛泽东一向是善于抓住典型问题、分析典型问题，解剖麻雀并推而广之的。毛泽东为捍卫他所倡导的"放"的方针，站在护花的立场上，一再保护《组织部新来的青年人》等作品，一再批评与"双百方针"不谐和的声音。毛泽东在全国宣传工作会议的座谈会上说："我看到文艺批评方面围剿王蒙，所以我要开这个宣传工作会议。"一部年轻人写的短篇小说，能导致一个全国性的重要会议的召开，王蒙和他的《组织部新来的青年人》，闹出了多么大的动静啊！

四、毛泽东爱谈《组织部新来的青年人》的其他原因

除了上面两个重要原因，还有一个原因不能忽视，就是这篇小说的艺术性引起了毛泽东的兴趣。毛泽东懂文懂艺懂哲学，他在文学方面的爱好与自信，他极高的鉴赏眼光，也是为国人称道的。艺术质量低的作品，当然难入他的眼，更不可能博得他一谈再谈、咀嚼再三的兴趣。1993年浙江大学出版社出版《毛泽东推荐的古诗文》一书，集中选了毛泽东喜爱并向他人推荐的中国古代诗文共116篇，都是艺术性较高的。其中"神话·寓言·小说"部分共7篇，它们是：《山海经》中的《夸父逐日》，《列子》中的《愚公移山》，《淮南子》中的《羿射九日》，韩非的《和氏璧》，刘向的《叶公好龙》，柳宗元的《黔之驴》和蒲松龄的《小谢》。这7个短篇均为艺术的上乘之作，更不用说他经常谈起的《红楼梦》《西游记》

《三国演义》等长篇名著了。惟有艺术性较高的文学作品,才会引起鉴赏大家的兴趣,毛泽东不厌其烦地一再谈论《组织部新来的青年人》,对这篇小说艺术性的欣赏也自然流露了出来。

提倡"双百方针",必然要求政治上的适度宽容,和学术研究、文艺创作的宽松环境。为了从政治上营造宽松氛围,选择什么样的作家及作品来做阐发范本为好?王蒙的共产党员身份,显然不是最理想的。共产党批评共产党,一般来说这是党内的事儿。表达政治宽容姿态,比较理想的选择当然是非党员作家。当毛泽东在最高国务会议第十一次(扩大)会议上谈《组织部新来的青年人》,问别人王蒙是不是共青团员,却意外得知是党员的时候,第一反应说的话是:"共产党批评共产党,好嘛。"中国作协干部黎之后来听的录音传达,1999年他回忆此事特别强调:"当时我听到'共产党批评共产党'时为之一震。"①黎之显然感觉出毛泽东对作者的党员身份有些出乎意料,有些不快。毛泽东对作者的政治面貌作了误判,他想到作者年轻,充其量是一位共青团员。而毛泽东此后依然大谈《组织部新来的青年人》,显然不限于政治上的考量,而是从作品文本出发的了。

毛泽东对《组织部新来的青年人》艺术上的欣赏,主要体现在对刘世吾等落后人物的细腻揭示和成功塑造上。毛泽东在颐年堂座谈会上说:"他(指王蒙——引者注)会写反面人物。"毛泽东还明确让周扬转达给王蒙的一句话是:"你的反

---

① 参见《新文学史料》1999年第3期,第135页。

面人物写得好。"这篇小说的艺术性给毛泽东留下了好印象。毛泽东说:"我看他的文章写得相当好。""王蒙很有希望,新生力量,有文才的人难得。"当然,他同时对正面人物林震写得不够坚强有力,感到不满足。

毛泽东爱谈《组织部新来的青年人》的原因,除了反官僚主义、倡导"双百方针"和对其艺术性的兴趣之外,我们大致还可以推测出其他原因:比如毛泽东一般不喜欢老年人的暮气,而喜欢年轻人的朝气、闯劲乃至造反精神;比如毛泽东一般喜欢小人物敢想敢说的文章,不喜欢大人物压制小人物的声音;又比如毛泽东一般喜欢带有灵性诗情些的文章,唐诗他偏爱"三李"便是一证,《组织部新来的青年人》在这方面也比较突出……在这些诸多原因中,反对官僚主义和提倡"双百方针"显然是两个主要原因。毛泽东毕竟是一个政治家和国家领袖,在他的脑子里,全局性的政治问题总是最重要的。永葆共产党的青春活力,总是最重要的;新中国政权要像铁打江山一般稳固,总是最重要的。

五、毛泽东初谈《组织部新来的青年人》

毛泽东首次评说《组织部新来的青年人》,应是1957年2月16日上午,地点在毛泽东中南海的居住地——颐年堂。这是一次中央领导和部分文艺界领导人关于"双百方针"的座谈会。

在谈到这个会议之前,需简要介绍一下《组织部新来的青年人》发表以来的5个月里,围绕着这篇小说,发生了一些什么样的声音。

在文学界和社会公众的强烈反响中,主要有两种声音。一种是肯定赞成、叫好喝彩。仅《文艺学习》一家刊物就收到300多封读者来信,肯定这篇小说,甚至有发出"林震是我们的榜样"这样的呼声的。《文艺学习》的主编韦君宜是一个很会办刊物的人,这家刊物从1956年第12期到1957年第3期开辟专栏,连续4期发表了27篇文章,专题讨论《组织部新来的青年人》。一些更有分量、更有影响的报刊,如《人民日报》《文艺报》《中国青年报》《光明日报》《北京日报》《文汇报》等也纷纷发表评价文章。在肯定或基本肯定的文章中,有刘绍棠、从维熙的《写真实——社会主义现实主义的生命核心》、邵燕祥的《去病与苦口》等。

另一种则是否定或基本否定的声音。文章也不少。如李希凡的《评〈组织部新来的青年人〉》[1]和艾克恩的《林震究竟向娜斯嘉学了些什么?》。有篇没有发表的文章必须一提,就是部队评论家马寒冰等人的文章,题为《是香花还是毒草?》,主要观点是把《组织部新来的青年人》当作毒草来批。文章拟在《人民日报》上发表,清样已经打了出来,毛泽东看了清样,很不满意。这篇文章虽然没有发,但给毛泽东很深的印象。因为还是这位马寒冰,曾于1957年1月7日在《人民日报》上,和另外三位部队评论家陈其通、陈亚丁、鲁勒联合发表了一篇《我们对目前文艺工作的几点意见》[2],批评了文

---

[1] 参见《文汇报》1957年2月9日,第3版《笔会》专栏。

[2] 参见《人民日报》1957年1月7日,第7版。

艺界种种他们认为不好的思想倾向，与毛泽东倡导的"双百方针"唱了反调。毛泽东已经在有关会议上作了批评，但由于不少传达者的曲解，批评没有奏效。这次马寒冰等人又出来对《组织部新来的青年人》发难，毛泽东称之为"大军围剿"，其反感更加强烈。

上面提到的一位发难者李希凡，也需要多介绍几句。就在两年前的1954年，李希凡和蓝翎因写了《关于〈红楼梦〉研究及其它》，成为被毛主席保护的"小人物"而名震一时。李希凡在《文汇报》上批评《组织部新来的青年人》的时候，他已经是全国政协委员，是个"大人物"了。毛泽东这次没有保护他，而是加以批评讽刺。毛泽东这次是为一个新的"小人物"——王蒙说话了。

2月16日的这次座谈会开得比较突然。这天上午，文艺界主要领导、中宣部副部长周扬安排的工作，是听取《人民文学》主编严文井等人汇报文艺创作问题。到了11点，电话铃响了，是胡乔木来的电话，让周扬、林默涵、张光年、严文井去颐年堂开会。周扬又叫上作协的党组书记邵荃麟、党组副书记郭小川一同参加。等他们赶到颐年堂，刚脱下外衣，毛泽东就出来了。除了毛泽东和上面已经提到的几位文艺界领导人，与会的还有周恩来、朱德、康生、陈伯达、胡乔木、胡绳、胡耀邦、张奚若、邓拓、杨秀蜂、陈沂等人。这个座谈会的规格够高的了。

匆忙赶来，因近距离见到了毛泽东而有些紧张激动的文艺界人士，由于毛泽东的风趣，很快心情放松。毛泽东笑问《文艺报》主编张光年："张岱年是你的哥哥吗？"张光年答不是。毛泽东又问:"那么张光斗是你哥哥了?"张光年又答不是。40年后张光年回忆毛泽东的问话说:"显然,这是有意使会议气氛轻松一些。"①

这个"气氛轻松"的会议的内容,据郭小川当天的日记记载,毛泽东谈的,"主要是对于王蒙的小说《组织部新来的青年人》和对它的批评,主要是李希凡和马寒冰对它的批评。主席特别不满意这两篇批评。它们是教条主义的。他指出:不要仓促应战,不要打无准备、无把握之仗,在批评时要搜集材料,多下一番工夫。而在批评时,应当是又保护、又批评,一棍子打死的态度是错误"。②

张光年回忆道:"小说和批评文章正逢其时。于是前者受到赞扬,后者受到毛主席的严正指责。他当场对周扬说:'周扬同志,你找王蒙谈谈,告诉他:第一是你好,你反对官僚主义。第二是你有片面性,你的反面人物写得好,正面人物弱。'他赞扬王蒙'是新生力量,有才华,有希望。'"③

还有一个版本记录得比较全,就是载于《毛泽东思想万岁》(该书在"文革"中印行但未正式出版,可供史家参考——笔者注)第114、115页上的,毛泽东说:"王蒙写了一篇小说,赞成他的很起劲,反驳他的也很起劲,但是反驳的态度不怎么适当。王蒙的《组织部新来的青年人》正在讨论,问题在于批评态度。小说揭发官僚主义,很好,揭发得不深刻,

---

① 参见《百年潮》1999年第4期,第30页、第31页。
② 参见《新文学史料》1999年第2期,第94页。
③ 参见《百年潮》1999年第4期,第30页、第31页。

但很好,刘宾雁的小说并没有批评整个的官僚主义,王蒙的小说有片面性,正面的积极的力量写得不够,要批评。应该有批评,也应该有保护。正面的人物林震写得无力,而反面人物很主动。王蒙是不会写,他会写反面人物,可是正面人物写不好。写不好,有生活的原因。"他还说:"王蒙的小说有资产阶级思想,他的经验也还不够,但他是新生力量,要保护。批评他的文章没有保护之意。……王蒙的小说有片面性,又有反官僚主义的一面,我看他的文章写得相当好,不是很好……王蒙很有希望,新生力量,有文才的人难得。"毛泽东批评了李希凡:"李希凡说王蒙写的地点不对,不是典型环境,说北京有中央,难道不可能出现这样的问题,这是不能说服人的。""李希凡现在在高级机关,当了政协委员,吃党饭,听党的命令,当了婆婆,写的文章就不生动了,使人读不下去,文章的头半截使人读不懂。"[①]

黎之在中国作协听了这次会议的传达,他的日记记录了毛泽东有关谈话的大意:"毛说:我们一定要坚持百花齐放、百家争鸣的方针,不要急躁,不要怕香花毒草。《组织部新来的青年人》写得不错,作品批评我们工作中的缺点,这是好的,应该鼓励对我们工作的批评。我们是当权的党,最容易犯官僚主义,而且又最容易拒绝批评。我们应该欢迎批评。马寒冰他们的文章说,北京中央所在的地方不会出官僚主义,这是不对的。这篇小说也有缺点,正面力量没有写好。林震写得无力,还有点小资产阶级情调,如林震和女朋友吃荸荠那一节。"黎

---

① 参见《南方文坛》2002年第6期,第33页。

之的记录和张光年、郭小川、《毛泽东思想万岁》一书的说法，主要意思差不多。但黎之所记这次讲话的时间，是毛泽东在省、市、自治区党委书记会议结束的那天，毛泽东特意留下周扬等人谈的。经查，省、市、自治区党委书记会议结束的时间是1957年1月27日，与张光年、郭小川的说法相差20天，而且从张、郭的说法和其他有关史料来看，他们显然是在2月16日颐年堂首次听到毛泽东对王蒙小说以保护为主的意见。把毛泽东首谈《组织部新来的青年人》的时间，确定为1957年2月16日上午，更贴近史实。[①]

毛泽东要求周扬找王蒙谈谈，周扬谈了。不过年轻的王蒙，当时可能并没有察觉到这里有毛泽东的意思。因为这段时间，王蒙因读了李希凡等人的严厉批评文章，很不服气，写信要求周扬见他。王蒙于1996年4月在《读书》杂志上发表《周扬的目光》一文，回忆了他与周扬见面的情形：

"我是在1957年春第一次见到周扬同志的，地点就在我后来在文化部工作时用来会见外宾时常用的子民堂。我由于对《组织部新来的青年人》受到某位评论家的严厉批评，想不通，给周扬同志写了一封信。后来受到他的接见。我深信这次谈话我给周扬同志留下了好印象。我当时是共青团北京市东四区委副书记，很懂党的规矩，政治生活的规矩。'党员修养'与一般青年作家无法比拟。即使对于那篇小说，我不能接受那种严厉的批评，我的态度也十分良好。周扬同志的满意之情溢

---

① 参见《新文学史料》1999年第3期，第134页。

于言表。他见我十分瘦弱，便问我有没有肺部疾患。"①此后周扬一直关心王蒙，包括在王蒙落难到北京郊区农村改造和迁徙到新疆期间，乃至在上个世纪80年代支持王蒙的小说文体探索，这与他私人对王蒙的良好印象有关，就不止是按毛泽东指示办事的问题了。

六、毛泽东第二次谈《组织部新来的青年人》

据说毛泽东有一个习惯，遇到某一个重大议题开讲前，他要找些有关的人一起谈谈，为了集思广益，也为了整理自己的思绪，使思想逐步深化、条理化。2月16日那次临时召集的座谈会，就是毛泽东为他随后的更重要的场合讲话做准备的。10天之后的2月27日，毛泽东在最高国务会议第十一次（扩大）会议上，作了那篇后来题为《关于正确处理人民内部矛盾的问题》的著名讲话。在讲话中，他再一次提到王蒙和《组织部新来的青年人》。

黎之听了毛泽东在最高国务会议上的讲话录音，根据他的记载，毛泽东是这样谈王蒙的：

"有个人叫王明，哎，不对，叫王蒙。他写了篇小说，叫《组织部新来的青年人》。批评我们工作中的缺点。仔细一查他也是个共产党，共产党骂共产党，好嘛。有人说北京没有官僚主义。北京怎么会没有官僚主义。北京的城墙这么高，官僚主义不少。现在有人围剿王蒙，还是部队的几个同志，好家

---

① 参见王蒙著《王蒙说》，中央编译出版社1998年版，第319页。

伙,大军围剿啊。我要为王蒙解围!"①

毛泽东在最高国务会议上的这次讲话,被整理成文并经过14次精心修改,以《关于正确处理人民内部矛盾的问题》为题,于1957年6月19日在《人民日报》上发表,乃为毛泽东建国后最重要的著作之一,也是国际共产主义运动中一份极有卓见的理论文献。这里需要补充一句,或许由于政治形势的急速变化,或许由于行文上的需要,毛泽东谈《组织部新来的青年人》的那一席话,在正式发表的时候被删去了。被删去的不光是谈王蒙的这一段,更有不少极为重要的政治观点,如删去了对斯大林和苏联的批评等。还补充增加了一些会上没讲但很要害的段落,其中最令人遗憾的,就是关于扩大阶级斗争范围、加重阶级斗争分量的叙述。历史已经证明,一些原话的删去,特别是一些要害段落的增加,给后来新中国的建设事业带来了巨大损失,给新中国的发展道路带来了巨大的曲折。②

七、毛泽东第三次谈《组织部新来的青年人》

毛泽东第三次在会议上公开谈论《组织部新来的青年人》,是在中共中央召开的有党外人士参加的全国宣传工作会议上。从1957年3月6日至3月13日,在北京开了7天。从披露出来的资料看,毛泽东在这个会议上先后两次谈到王蒙。一次是

---

① 参见《新文学史料》1999年第3期,第135页。
② 参见薄一波著《若干重大决策与事件的回顾》,中共中央党校出版社,1993版,第590—592页。

3月8日，资料见诸人民出版社1999年出版的《毛泽东文集》中的《同文艺界代表的谈话》，这篇文章的注释说："这是毛泽东在中国共产党全国宣传工作会议期间同文艺界部分代表谈话的主要部分。"

3月8日的这次小范围谈话，有点像答疑，大家提了很多问题，集中起来，请毛泽东解答。毛泽东在谈到"文艺批评怎么样了？"这个问题时，说了如下的话：

"我看到文艺批评方面围剿王蒙，所以要开这个宣传工作会议。从批评王蒙这件事情看来，写文章的人也不去调查研究王蒙这个人有多高多大，他就住在北京，要写批评文章，也不跟他商量一下，你批评他，还是为着帮助他嘛！要批评一个人的文章，最好跟被批评人谈一谈，把文章给他看一看，批评的目的，是要帮助被批评的人。可以提倡这种风气。"

毛泽东这次小范围的谈话，当时流传并不广。听众较多并在会后传达，使之广为流传的，是毛泽东在3月12日大会闭幕前一天的讲话。那是他第4次谈到王蒙。很多人知道毛泽东保护支持过王蒙，大多是从这第4次谈话中了解的。

八、毛泽东第四次谈《组织部新来的青年人》

3月12日傍晚5时，毛泽东来到宣传工作会场作报告，大约讲到晚7点散会。毛泽东是一边抽烟、一边作报告的，听过录音的王蒙本人还记得：毛泽东在谈到他的时候，中间停顿了一下说："粮草没有了。"毛泽东把香烟比作他的粮草。陆定一赶忙给他递上烟，毛泽东于是继续往下谈。

张光年参加了会议，他回忆了毛泽东谈王蒙的情形：

"我想不起是什么由头，是否又有人对王蒙的小说提出了新的批评，毛主席把问题又算到那几个部队作家的账上，再次提出严厉的批评。我记得他当众大声指责说：'我跟王蒙又不是儿女亲家，我为什么保他？你们要抓他，派一团人把他抓起来就是了。'"①

《毛泽东思想万岁》记载的这次谈话也颇值参考，毛泽东说："对于自己的工作就是肯定一切，现在共产党里面还有这种人。总而言之，只能讲好，不能讲坏，只能赞扬，不能批评。最近就在北京发生了一个'世界大战'，有个人叫王蒙，大家想剿灭他。总而言之，讲不得，违犯了军法，军法从事。我也是过甚其词，就是有那么几个人，写了那么几篇文章。现在我们替王蒙解围，要把这个人救出来，此人虽有缺点，但是他讲正了一个问题，就是批评官僚主义。""其实王蒙的这些东西不是毒草。""批评王蒙的文章我看了就不服。这个人我也不认识，我跟他也不是儿女亲家，我就不服。"②

最关注毛泽东讲话、记忆最深的，恐怕莫过于王蒙本人。除听了毛泽东在宣传工作会议的讲话录音，他当然还特别留心毛泽东在其他场合谈他的信息。听一听王蒙对毛泽东上述四次谈论他的综合记忆，有特别的史料价值，也是很有趣的。

1993年2月1日，王蒙接受《说不尽的毛泽东》一书编者的采访。编者问："毛泽东是在什么场合讲的，讲了些什么内

---

① 参见《百年潮》1999年第4期，第33页。
② 参见《南方文坛》2002年第6期，第34页。

容?"

王蒙答:"他讲了多次,包括在颐年堂召开的新闻、出版、文艺座谈会上,在最高国务会议上,都讲了这个问题。在中央宣传工作会议上的讲话,我听了录音。几次讲的意思大致内容是这样:听说王蒙写了一篇小说,有赞成的,有不赞成的,争得很厉害,反对的人还写了文章对他进行'围剿',要把他消灭。可能我这也是言过其实,我看了李希凡的文章(指李希凡在《文汇报》报上发表的《评〈组织部新来的青年人〉》),不大满意,李希凡也是新生力量嘛,现在写文章我看不懂,大概是当了政协委员的关系吧。毛说到李希凡时,有点讽刺的意味,不过事过境迁,这些都没有关系了。现在李希凡还是我的朋友。除李的一篇外,还有一篇,就是陈其通、陈亚丁、鲁勒、马寒冰四个人合写的准备在《人民日报》发的《是香花还是毒草》,主意要把我的那篇小说打成毒草。后来这篇文章的清样送到毛泽东那里,他看后非常不满意。"

编者又问:"他们四人当时受到批评,是不是跟这件事有关系?"

王蒙答:"可能跟这有关系,说他们是教条主义。因为在这之前,他们曾发表过一篇文章,谈整个文艺的形势,受到批评。他们后来写的这一篇也被毛泽东制止了。文章没有发表出来。毛泽东看了这篇文章后说,反对王蒙的人提出北京没有这样的官僚主义,中央还出过王明、出过陈独秀,北京怎么就不能出官僚主义。王蒙反对官僚主义我就支持。我也不认识王蒙,不是他的儿女亲家,但他反对官僚主义我就支持。他是共青团员吗?(别人回答说:不是,是党员。)是党员也很年轻嘛。王蒙有文才,就有希望。当然,《组织部新来的青年人》也有缺点,正面人物写得不好,软弱无力,但不是毒草,就是毒草也不能采取压制的办法。这一点给我的印象很深。接下来,他还引了王勃《滕王阁序》中最有名的两句:落霞与孤鹜齐飞,秋水共长天一色。说:我们的政策是:落霞与孤鹜齐飞,香花并毒草共放。毛泽东的讲话内容我记得就是这样。"①

九、毛泽东第五次谈《组织部新来的青年人》

毛泽东第5次提到《组织部新来的青年人》,是一次内部谈话。据1957年4月14日郭小川的日记记载,这一天下午他给邵荃麟打电话,在电话中,"荃麟告诉我,说毛主席看了《宣教动态》登的《人民文学》怎样修改了《组织部新来的青年人》,大为震怒,说这是"缺德""损阴功",同时认为《人民日报》也是不好的……现在的'百家争鸣'究竟是谁在领导。主席主张《人民文学》的这件事要公开批评,荃麟说,秦兆阳为此很紧张。"②黎之回忆说:"毛泽东听周扬说,小说的缺点是秦兆阳改的,毛说:缺阴德,编者要检讨。"③《宣教动态》时为中宣部向中央反映情况的内部刊物,周扬任中宣部常务副部长,主管文艺界,《宣教动态》向中央反映秦兆阳

---

① 参见王蒙著《王蒙文集》第20卷,第55—56页。
② 参见《新文学史料》1999年第2期,第112页。
③ 参见《新文学史料》1999年第3期,第135页。

的修改，自然要过周扬的手，黎之的说法和邵荃麟的电话不矛盾。

秦兆阳遇到了麻烦，但这不是他这几个月来遭遇的第一次麻烦。第一次麻烦是属于他自己的。就在发表《组织部新来的青年人》的同期《人民文学》杂志上，身为杂志副主编的秦兆阳，以"何直"为笔名，把自己一篇理论文章《现实主义——广阔的道路》刊登在头题上。秦兆阳的这篇论文，和经他修改发表的王蒙的小说，都产生了强烈的反响。

中宣部文艺处迅速作出了反应，当月21日，即由中宣部文艺处处长林默涵主持，开了对《现实主义——广阔的道路》一文的讨论会。林默涵作了系统的发言，基本否定秦兆阳的观点，后来张光年又在《文艺报》上发表《社会主义现实主义存在着、发展着》一文，也不同意秦兆阳的文章。

中宣部文艺处接着于10月开了《组织部新来的青年人》的讨论会。林默涵又作系统发言，对小说有肯定，有否定，但给与会者的印象，显然否定的成分多一些。文艺界还有别的领导人，与林默涵持大致相同的观点。但自毛泽东1957年2月谈了支持、保护的意见后，文艺界领导人便基本统一在毛泽东的意见上了。3月9日宣传工作会议休会，作协召开1956年小说选集编辑会，大家一致同意选进《组织部来了个年轻人》便证明了这一点。秦兆阳在毛泽东谈话后是活跃的。在3月的宣传工作会议文学组的讨论中，他作了两次发言。第1次谈悲剧、讽刺、人物性格的复杂化。第2次他谈了《组织部新来的青年人》，秦兆阳说：真正做工作的同志并不反对王蒙的小说，反对的大都是文艺界。王蒙是有勇气的。在毛主席讲话之前的压力是很大的。①

秦兆阳说他在毛主席讲话之前压力很大，言下之意是毛泽东对王蒙小说的保护性意见，使他减轻了压力。但是好景不长，仅仅过了一个月，秦兆阳的压力却更大了。因为同样还是来自毛泽东的意见，而且是"震怒"下的意见，指责他"缺德""损阴功"，并且要"公开批评"。秦兆阳遭到了天大的压力。在毛泽东保护小说之前，文艺界对王蒙小说的批评，多少有秦兆阳的一份，因为他是主持发稿的副主编，更不用说他自己的那篇受到集中批评的论文了。当毛泽东保护支持王蒙小说的时候，荣幸多少也有秦兆阳的一份，但这荣幸很快就没有秦兆阳的份儿了。不仅没他的份儿，而且认定恰恰是他，使本来可以更符合毛泽东意思的小说，变得不符合了；可以没有缺点的小说，变得有缺点了。某些原来对小说持批评意见的人，转而重点批评秦兆阳的修改了。一个人倒霉，一旦交了华盖运，真是未敢翻身已碰头啊。

中国作协党组原打算让《人民文学》编辑部写篇关于小说修改的文章，在《人民日报》上发表。后来根据茅盾的建议，就修改一案开了一个座谈会，然后把座谈会记录发表。5月9日，《人民日报》刊出了由"人民文学编辑部"整理的《〈人民文学〉编辑部对〈组织部新来的青年人〉原稿的修改情况》一文。把原稿和修改稿对比刊在最有权威、最有影响的中共中央机关报上，在当时也是绝无仅有。

《人民文学》编辑部的这篇整理稿，首先声明很多文字上

---

① 参见《新文学史料》1999年第3期，第135页。

的修改不在该文列举之列，之后列举了"牵涉到作品的思想内容、人物形象、人物之间的关系等比较重要的修改"之处计29条。①秦兆阳主持的修改是花了心血的，有的地方改的也不错，但总的来说，并不成功。这29条修改，在政治上离毛泽东的立场不是更近而是更远，在艺术上也有反而使作品失色的地方。

先从政治上说。毛泽东的主要意见，是希望主人公林震能够更坚强有力。小说原文里写刘世吾谈到公安局长参加常委会批准党员时打瞌睡，林震有一段比较激烈的反应：

> 林震大声说，他像本人受了侮辱一样……"真奇怪！我们的组织部长看不见壮丽的事业，而只看见某某在打瞌睡！……也许您也瞌睡了吧？您瞧不起我们的生活，生活也不会原谅您！"林震怒气冲冲地说完，跑出了办公室。

从"真奇怪"以下，林震这一段怒气冲冲地斥责刘世吾的话，被删去了。还有一处必须一提，就是结尾的修改。结尾是林震、赵慧文他们有希望？还是没有希望？这对于小说的政治调子是重要的。小说原稿这样结尾：

> ……林震靠着组织部门前的大柱子，呆立着，他兴奋，心里好像空空的。初夏的南风吹拂着他——他衣袋里装着《拖拉机站长与总农艺师》到来的时候是残冬，现在

---

① 参见《人民日报》1957年5月9日，第7版。

已是初夏了，他在区委会度过了第一个春天。

他做好的事情虽很少，简直就是没有，但是他学了很多，多懂了很多事：他懂了生活的真正的美好和真正的分量，他懂了斗争的困难和斗争的价值。他渐渐明白在这平凡而又伟大的、包罗万象的、充满严峻冲突的区委会，单凭个人的勇气是不会发生多大的效果。从明天……

办公室的小刘走过，叫他："林震？你上哪去了？快去找周润祥同志，他刚才找了你三次。"

区委书记找林震了吗？那么，不是从明天，而是从现在，他要尽一切力量去争取领导的指引，这正是目前最重要的。他还不知道区委书记是赞成他，斥责他，还是例行公事地找他"征求征求"意见完事；但是他相信，他的，赵慧文的，许多年青的共产党员的稚气的苦恼和忠诚的努力，总会最后得到领导英明和强有力的了解，帮助，和支持，那时我们的区委会就会成为真正应该成为的那个样子。

隔着窗子，他看见绿色的台灯和夜间办公的区委书记的高大侧影，他坚决地、迫不及待地敲响领导同志办公室的门。

经秦兆阳主持修改，这个结尾发生了变化。从上引部分的第2段"他作好的事情虽很少"开始，直到第3段"那时我们的区委会就会成为真正应该成为的那个样子"，全部被删掉了，而代之以大段的点破林震和赵慧文爱情关系的内容，甚至出现了一句："一股真正的爱情的滋味反而从他的内心深处涌出来了！"被删去的，除了林震决心依靠领导和组织而不是靠个人的力量继续抗争外，还有一个重要细节，就是区委书记周润祥主动再三地找林震一事。林震、赵慧文他们能不能胜利，周润祥是关键人物，他是区委最高领导。最高领导的态度如何？林震敲门之后会怎么样？那么之前周润祥主动找林震的这个细节，当是一个积极性的暗示。删去它，小说的尾巴就黯淡些。还有一个积极性的暗示，就是小说的第7节，林震问赵慧文区委书记周润祥是个什么样的人，原稿中赵慧文回答："周润祥同志是一个非常叫人尊敬的同志，但是他的工作太多……"，而秦兆阳等把"周润祥同志是一个非常叫人尊敬的同志"这句话，也删掉了。

再说艺术性。秦兆阳等的一些修改，确实未见高明。例如把题目改成"组织部新来的青年人"，有失准确；例如把林、赵的感情点破，把一种美丽的朦胧变成直白外露，略微损害了艺术审美效果。秦兆阳等的整个修改，有意加强对赵慧文婚外情的渲染，林、赵作为组织部里的两个律己严格的党员，在一个短暂的春天里，感情升温的如此急剧，在艺术合理性上，未必靠得住。

而对个别描写的修改，却是煞风景的。例如第7节，原稿描写赵慧文说话间隙有一个身体动作，她"一个一个地捏着自己的手指"这句被改成"一个一个地捏着自己那白白的好看的手指"。加上这"白白的好看的"形容词，显得直白雕琢，读来味同嚼蜡。

如果没有秦兆阳等的修改，也许并不会改变王蒙和他的小说的命运，因为毛泽东对林震的光明坚强，抱有更高的期待，对小说兴无灭资的精神也抱有更高的期待。但无论如何，不能说秦兆阳主持的修改，仅仅是文字上的、没有意义的。它毕竟使小说的政治调子黯淡了一些，艺术性也受到某种削弱，这多少强化了毛泽东和其他读者对小说负面的印象。因而也不能说周扬等人及其所掌握的《宣教动态》，是完全地向壁虚造。

王蒙对待这个问题，表现了与他22岁年龄不太相称的稳健与成熟。他的小说引起了那么大的风波，但有两点王蒙始终没有随众应声附和：一个是没有完全承认《组织部新来的青年人》就是主题单一的反官僚主义的小说，他1957年5月8日在《人民日报》发表文章说："有些描写也不见得宜于简单地列入官僚主义的概念之下。"[①]另一个就是没有顺着毛泽东及周扬等文艺界领导的意见往上爬，既然连他们这些大人物都说缺点是秦兆阳改的，我何不顺水推舟以自保乃至自耀？王蒙对小说的修改显然有不满意的地方，如题目的修改，但王蒙在受到批评甚至命运受到严峻考验的时刻，始终没有往秦兆阳身上推责任、洗刷自己。重压下，王蒙表现了难得的清醒和品格。他没有失态。

而王蒙的早熟与稳健，在当时的气氛下，并不讨好，有一位女性老作家给王蒙写信，认为他应该趁机猛攻秦兆阳等编辑。她还对王蒙在批评秦兆阳的会上的表现不满，说他在会上的含蓄发言"有一种令人不愉快的老练"。

与这位女作家同声一气的人很多，包括著名作家、《文艺

---

① 参见王蒙著《王蒙文存》第21卷，人民文学出版社2003年版，第11页。

报》负责人康濯。1958年2月，在两百多人的作协党组扩大会上，康濯在长篇发言中批评秦兆阳说："关于王蒙小说的问题，秦兆阳一直说是在主席提出这个问题前他也没有想起自己曾经修改过这篇小说，我认为这也是对组织和对工作的不老实的态度。虽然他经常修改别人的作品，但是王蒙小说他修改得很多……可为什么对王蒙的小说的修改倒给忘了？"

康濯曾经是王蒙非常佩服的作家。1948年夏天，14岁的地下共产党员王蒙，正为和党组织失去联系苦恼。一天他从北大工学院"六二"图书馆借读了康濯的小说《我的两家房东》，"欢喜得流出了眼泪，沉重的心情为之一振"。① 少年王蒙从来没有读书读得那么激动过。而在康濯严厉批评秦兆阳的1958年2月，虽然离毛泽东1957年2月第一次谈《组织部新来的青年人》并力推"双百方针"才只有一年，但风雨来得骤，政治形势早已经发生了巨大的逆转。秦兆阳的政治生命已经危哉，而王蒙在北京市团市委系统的处境也很不妙，再难"沉重的心情为之一振"了。因为早在1957年5月15日，毛泽东起草了仅限于党内高级干部阅读的《事情正在起变化》一文，认为前一个时期，特别是1957年5月1日中央正式号召和部署整风以来，资产阶级右派分子发动了对于共产党的猖狂进攻；并布置暴露原则，继续鼓励大鸣大放以引蛇出洞。到了6月8日，毛泽东为中央起草《关于组织力量准备反击右派分子进攻的指示》，同日，《人民日报》发表《这是为什么？》的社论，正式发动了

---

① 参见王蒙著《王蒙文存》第23卷，人民文学出版社2003年版，第3页。

全国规模的反右派运动。秦兆阳被打成了右派，曾写过《知识分子的早春天气》的费孝通也被打成了右派，全国共错划右派约55万人。到了1958年5月，王蒙也被收进了"右派"网内。他成了景山公园少年宫工地上的一名建筑小工，后来又到北京郊区从事劳动改造。毛泽东曾经多次保护过的人，为什么还会落难？王蒙为什么不给毛泽东写信，请他关心自己的命运？这个问题非本文论述的重点，有待另文回答。但我们不妨重复本文第一部分里的一句话：毛泽东毕竟是一个政治家和国家领袖，在他的脑子里，全局性的政治问题总是最重要的。永葆共产党的青春活力，总是最重要的；新中国政权要像铁打江山一般稳固，总是最重要的。正因为如此，一旦毛泽东判定，有人企图对他亲手打下的红色江山发动挑战，他就会毫不犹豫地制服对手，而且不惜实行科学文艺政策上的巨大转弯。

历史就这样发生了：1957年的春天，以毛泽东力倡"百花齐放、百家争鸣"为主旋律的春意盎然的春天，就那么快地在政治形势的急剧逆转中消逝了。往事不堪回首明月中。但新中国毕竟曾经拥有过1957年美好而短暂的春天。光明时代政治巨人的金声玉振，激情岁月年轻歌手的文才难得，文坛各路才人智慧的交锋与词语间的驳难，当然还有反右扩大化的巨大的阴影正在渐渐地靠近、侵犯和试图笼罩这幅阳春风景……这一切，也都是扣人心弦，且使人不能忘怀的啊。

此后毛泽东继续主政的20年间，政治运动频仍，他提倡的"双百方针"也没有得到真正实行。在正式出版的毛泽东文集、选集里，均在有关文章中删去了他多次保护王蒙《组织部新来的青年人》的话语。直到1999年人民出版社出版的《毛泽东文集》,才正式出现在毛泽东在全国宣传工作会议的讲话稿中,即题为《同文艺界代表的谈话》一文里。

(原载《长城》2006年第2期)

王蒙创作年表

1953年
开始写作《青春万岁》。

1956年
短篇小说《组织部来了个年轻人》。

1962年
短篇小说《眼睛》《夜雨》。

1978年
短篇小说《最宝贵的》。

1979年
中篇小说《布礼》,短篇小说《夜的眼》。

1980年
短篇小说《说客盈门》《海的梦》《风筝飘带》《春之

声》，中篇小说《蝴蝶》。

1981年
中篇小说《杂色》《深的湖》《如歌的行板》，日文版《蝴蝶》。

1983年
中篇小说《风息浪止》《淡灰色的眼珠》《虚掩的土屋小院》，短篇小说《木箱深处的紫绸花服》《啊，穆罕默德·阿麦德》，英文、法文版《蝴蝶》及其他。

1984年
中篇小说《逍遥游》，散文《访苏心潮》《塔什干晨雨》，朝鲜族文版《青春万岁》，匈牙利文版《说客盈门》，罗马尼亚文版《深的湖》。

1985年
西班牙文版《深的湖》。

1986年
长篇小说《活动变人形》，中篇小说《名医梁有志传奇》。

1987年
短篇小说《来劲》，诗《西藏的遐思》《木卡姆》。

1988年

短篇小说《夏天的肖像》。

1989年

短篇小说《坚硬的稀粥》,意大利、韩文、俄文版《活动变人形》,英文版《王蒙选集》,英文、法文版《布礼》。

1990年

论文《雨在义山》,论文集《红楼启示录》。

1991年

短篇小说《室内乐三章》。

1992—2000年

长篇小说系列《恋爱的季节》《失态的季节》《踌躇的季节》《狂欢的季节》,长篇小说《暗杀3322》,日文版《活动变人形》。

1998年

意大利文版《坚硬的稀粥》。

1999年

意大利文版《不如酸辣汤及其他》。

2000年

微型小说集《笑而不答》七十五则,文化散文集《庄子的享受》，自传《王蒙八十自述》，长篇小说《闷与狂》。

2003年
散文《我的人生哲学》。

2004年
长篇小说《青狐》。

2005年
小说系列《尴尬风流》。

2006—2008年
《苏联祭》，自传《半生多事》《大块文章》《九命七羊》，短篇小说《太原》，中篇小说《岑寂的花园》。

2009年
理论《老子的帮助》。

2010年
小品"老王"系列《幼》《友》《幽》《有》，随笔集《中国天机》。

2013年
长篇小说《这边风景》，中短篇小说集《明天我将衰老》。

2019年

中篇小说《笑的风》。

2020年

《王蒙文集》(新版)50卷。

百年中篇典藏

林贤治 主编

《阿Q正传》 鲁迅 著

《她是一个弱女子》 郁达夫 著

《莎菲女士的日记》 丁玲 著

《二月》 柔石 著

《生死场》 萧红 著

《林家铺子》 茅盾 著

《丽莎的哀怨》 蒋光慈 著

《长河·边城》 沈从文 著

《阳光》 老舍 著

《八月的乡村》 萧军 著

《小二黑结婚》 赵树理 著

《饥饿的郭素娥》 路翎 著

《组织部来了个年轻人》 王蒙 著

《大淖记事》 汪曾祺 著

《绿化树》 张贤亮 著

《被爱情遗忘的角落》 张弦 著

《人到中年》 谌容 著

《小鲍庄》 王安忆 著

《关于詹牧师的报告文学》 史铁生 著

《褐色鸟群》 格非 著

《妻妾成群》 苏童 著

《小灯》 尤凤伟 著

《回廊之椅》 林白 著

《到城里去》 刘庆邦 著